KB121178

로크미디어가
유혹하는
재미있는 세상

ROK
MEDIA
로크미디어

이것이 법이다

이것이 법이다 5

2015년 12월 3일 초판 1쇄 인쇄
2015년 12월 8일 초판 1쇄 발행

지은이 자카예프
발행인 이종주

기획 팀 이주현 이기헌
책임 편집 최전경

발행처 (주)로크미디어
출판등록 2003년 3월 24일
주소 서울시 용산구 원효로97길 46 5층
Tel (02)3273-5135 **Fax** (02)3273-5134
홈페이지 rokmedia.com **E-mail** rokmedia@empas.com

ⓒ 자카예프, 2015

값 8,000원

ISBN 979-11-255-9580-9 (5권)
ISBN 979-11-255-9575-5 04810 (세트)

이것이 법이다

5

자카예프 장편소설

로크미디어

CONTENTS

저당 잡힌 청춘들

"어이! 부르주아."

"왜 그러십니까, 프롤레타리아 님?"

"헐."

노형진과 송정한의 농담을 듣던 직원들은 고개를 절레절레 흔들었다.

"좋냐?"

"좋습니다."

"그래서 그만둘 거야?"

"아뇨, 벽에 똥칠할 때까지 할 겁니다."

해가 바뀌고 노형진은 스물두 살이 되었다. 그러나 가장 많이 바뀐 것은 역시 뭐니 뭐니 해도 노형진의 통장에 찍힌

'0'의 개수였다.

"몇 배나 뛴 거야?"

"스무 배요."

"미친."

판교 신도시의 재개발 결정이 나면서 노형진과 아버지가 사 놓은 땅값이 순식간에 스무 배나 뛰자, 노형진은 주저하지 않고 털고 나왔다.

'뭐, 앞으로는 저조할 테니까.'

당연하다. 지금이야 신도시가 된다고 비싸게 올랐지만 미래에는 성공한 신도시로 취급받지 못하기 때문이다. 그게 다 경기가 안 좋아진 탓이지만.

"그게 얼마야?"

"한 1,600억?"

"그런 거 있으면 나 좀 알려 주지."

"하하하."

어찌 되었건 급상승하자 노형진은 그곳을 팔았고 신도시로 은퇴하고 싶지 않다며 아버지도 동의했다.

"그나저나 아버님께서도 지금 다니시는 회사에 민폐군."

"왜요?"

"그 돈이면 아버지가 다니는 회사도 살 수 있을 것 같은데."

"하하하하."

부정은 할 수 없었다. 사실 아버지의 말에 따르면 회사에서 사장 친척이라고 막 나가는 놈이 한 명 있었는데 아버지가 부자가 되었다는 소문을 듣자 찍소리도 못한다고 한다.

"그래도 열심히 일해야지요. 돈은 원래 버는 것보다 쓰는 법이 더 힘든 겁니다."

"노 변호사가 할 말은 아닌 것 같지?"

"후후후."

노형진은 그저 미소로 답할 뿐이었다. 물론 이들이 아는 건 그것뿐이다. 하지만 실제로 노형진이 벌어들이는 돈은 더욱 상상을 초월했다.

〈전우의 길〉을 소개시켜 준 인맥을 바탕으로 노형진이 성공한 영화들에 대해서 막대한 투자를 시작했기 때문이다.

'역시 돈이 돈을 부른다고.'

막대한 돈을 투자하자 그 돈이 다시 돈을 엄청나게 불러오고 있었다.

"노 변호사는 그렇게 돈을 모아서 뭘 하고 싶은 건데?"

"그냥 법무 법인?"

"우우, 라이벌 행세야, 벌써?"

"그건 아닌 거 아시지 않습니까?"

노형진은 돈을 가지고 좀 더 사회적인 법무 법인, 아니 법률 지원 회사를 만드는 게 꿈이다. 전부터 가진 꿈을 좀 더 체계화시켰달까?

"알지, 알아. 만인에게 평등한 법이라. 변호사로서 격하게 공감은 하는데 쉽지는 않을 거야."

"알죠."

돈이 있어야 유능한 변호사를 살 수 있다는 현실적인 문제는 둘째 치고 상당수 사람들이 돈이 없어서 국선을 선임하는 경우가 많다. 그나마 형사는 국선이라도 해 주지, 민사는 그것도 안 된다.

'민변이 있기는 하지만.'

민주 사회를 위한 변호사 모임이 있지만 그곳은 인권이나 정치적인 문제 전문이다. 실제로 사람들에게 도움이 되는 실용법은 해당되지 않는다.

"어차피 판례 하나만 만들어 두면 나중에 도움이 되니까요."

"그렇지."

노형진의 계획은 간단하다. 한국은 판례가 있으면 그걸 따라간다. 문제는 작은 사건들은 돈이 없어서 판례를 만들지 못한다는 것.

예를 들어 체불임금을 가지고 소송하게 되면 대법원까지 갈 수가 없다. 대법원까지 가는 데에 들어가는 소송비가 훨씬 많기 때문이다. 하지만 누군가 도와줘서 대법원까지 간다면?

그렇다면 한국 현행법상 하위 판사들은 상위 법원인 대법원에서 나온 판례를 따를 수밖에 없기 때문에 지금처럼 적당하게 부자들의 편을 들어 주지 못한다. 그렇게 되면 한국의 체불임금 문제는 무척이나 줄어들 것이다.

이것이 법이다

노형진이 생각하는 회사는 그런 실생활에 도움이 되는 판례를 만드는 것을 지원하는 곳이다.

"우리야 그럼 편해지지."

그렇다면 변호사들도 편해진다. 일단 판례가 있으면 그걸 내밀면 되니까. 법률 체계화의 한 부분인 셈.

"그나저나 노 변."

"네?"

"여친 안 만들어?"

"아니, 무슨 뜬금없는 말씀이세요?"

순간 노형진은 당황했다. 뜬금없이 여친이라니?

"내가 죽을 것 같아서 그래."

"네?"

송정한의 말에 고개를 갸웃하는 노형진.

"주변에서 노 변호사를 소개시켜 달라고 하는 사람들이 너무 많아서 죽겠다, 죽겠어. 빨리 여친을 만들어야 내가 여친 있다고 실드를 좀 치지."

"하하하."

순간 노형진은 누군가 생각났지만 그저 미소로 답할 뿐이었다.

'아직은 아니야.'

관심은 있지만 그 집안에서 자신을 싫어하는 이유를 아직도 모르고 있었다.

사실 자신이 잘나가면 좀 덜할 거라 생각했다.

하지만 손채림의 말을 들어 보니 점점 더 자신을 욕하는 횟수가 많아지고 있다고 한다.

'도대체 왜?'

단순히 마음에 안 드는 거라면 이해한다. 하지만 갈수록 더 자신을 미워한다는 건 이해할 수가 없었다.

'더군다나…… 말이 안 되잖아?'

자신을 그렇게 미워한다면서 자신이 어떻게 되었는지는 잘 안단다. 그러니까 어떤 방식으로든 자신에 대해서 지속적으로 듣고 있다는 건데.

'엄마가 말할 리는 없고, 채림이는 더더욱 아닐 테고.'

친구라고 하지만 한쪽에서 그렇게 싫은 티를 내고 있으니 그다지 연락하지는 않는다. 아니, 사실 거의 왕래가 끊어졌다고 봐도 된다.

채림이야 자기 이야기가 나오면 듣는 게 욕뿐인 걸 뻔히 알고 있으니 아예 이야기하지 않을 테고.

'이상한 집이야.'

"뭘 생각해?"

"아닙니다."

고개를 흔들고 정신을 다시 찾는 노형진이었다.

그때였다. 문이 열리면서 직원 한 명이 고개를 빼꼼 내밀었다.

"노 변호사님."

"응? 무슨 일이에요, 김 양?"

"손님이 왔는데요."

"손님?"

오늘 약속된 사람은 없다. 그렇다면 의뢰일까? 그럴 리가 없다. 의뢰라면 의뢰라고 하지, 손님이라고 하지는 않을 테니까.

"누군데요?"

"이예림이라고 하던데요?"

"이예림? 아!"

기억났다. 어려서 자신을 따라다니면서 시집오겠다고 억지를 부리던 어린 아가씨. 하지만 노형진이 군대에 가고 시간이 지나고 멀어지면서 어느 사이엔가 연락하지 않게 된 아이.

"올, 여친?"

"아닙니다. 그냥 아는 동생이에요. 나이 차이가 얼만데……?"

말하던 노형진은 깜짝 놀랐다. 안으로 들어오는 이예림은 자신이 기억하던 모습이 아니었던 것이다.

'아…… 그러고 보니 이제 열여덟 살이구나.'

자신은 이제 스물두 살. 예림이가 네 살 차이가 났으니 이제는 열여덟 살이라는 소리다.

"예림아."

"안녕, 오빠."

"잘 지냈어? 이야, 이거, 어디서 보면 못 알아보겠는데?"

군대에 가기 전에 본 것이 다였던 예림이는 어느 사이엔가 생각도 못할 정도로 미녀가 되어 있었다.

"진짜 여친 아니야?"

"아니에요."

"그래?"

미심쩍은 얼굴로 바라보던 송정한은 피식 웃더니 몸을 돌렸다.

"아는 사이인 것 같은데 이야기들 해."

"네."

바깥으로 나가자 조용해진 사무실. 이예림은 주변을 보더니 탄성을 질렀다.

"역시 오빠는 대단해!"

"내가 뭘?"

"이렇게 유명한 변호사가 될 거라고 누가 알았겠어?"

"하하하, 그나저나 어쩐 일이야? 설마 시집오겠다고 말하려고 온 건 아닐 테고."

"어머, 그러려고 한 건데?"

하지만 얼굴에 가득한 미소를 보니 농담인 게 분명했다.

"남친은?"

"아직이야. 요즘은 바쁘거든."

"학교 때문에?"

"응."

"어디 갔는데?"

"양화예고."

"예고?"

"응."

양화예고라면 한국에서도 재능이 있는 아이들만 가는 곳으로 유명하다. 그런 곳에 갔다는 걸 보니 생각보다 재능이 있는 모양이다.

"오페라 전공이야."

"그래? 잘되었네."

어려서 집안이 쓰러져 가던 와중에 노형진은 그녀의 집안을 도와줄 뿐만 아니라 못 받은 월급과 상당한 돈을 쥐여 주는 데에 성공했다.

"근데 어쩐 일이야, 진짜로?"

"음…… 그렇게 티 나?"

"나 변호사거든?"

"하긴…… 오빠 눈치 하나는 빠르니까."

"하하하."

노형진은 웃으면서 커피를 가져다가 그녀에게 건넸다.

"우리 회사는 셀프라서 말이지. 의뢰인 경우에만 직원이 가져다줘."

"그래? 좋은 회사네."

"방침이야."

의뢰인, 아니 상담하러 온 사람의 경우에는 한시가 다급하고 걱정된다. 그 와중에 변호사가 느긋하게 커피를 타 줄 수는 없지 않은가? 하지만 다른 사람들은 변호사가 직접 접대하는 게 규칙이다.

"사실은 오빠한테 부탁이 있어서 왔어."

"부탁?"

"응, 주변 변호사들은 죄다 터무니없는 돈을 불러서."

"돈? 그럼 의뢰?"

"응, 선배 문제야."

"선배?"

"선배 한 명이 사기를 당한 것 같은데…… 방법이 없어. 고소를 당했는데 어쩔 줄 몰라 하고 있거든."

"그래?"

"응, 우리가 돈을 모아서 변호사를 사기로 했는데…… 다들 너무 비싸서."

"너희들이 돈을 모았다고?"

다른 사람도 아닌 선배의 이야기라는 말에 노형진은 고개를 갸웃했다. 선배라고 하면 그녀의 나이를 생각했을 때 졸업했다고 봐야 하기 때문이다.

그런데 고작 고등학생 후배들이 돈을 모아서 변호사를 선임해 준다는 게 이상했다.

"알아, 왜 그러는지. 하지만 우리 문제가 될 수도 있기 때문에 더욱 그래. 사실 이런 문제가 한두 번도 아니고."

"시스템과 관련된 문제구나?"

"어찌 알았어?"

"그렇지 않다면 너희 문제가 될 수 없으니까. 한번 이야기해 볼래?"

이예림이 이야기를 시작하자 듣고 있던 노형진은 입맛을 쩝쩝 다셨다.

'고전적이네.'

선배라는 사람은 재능이 있고 끼가 넘치는 사람이었단다. 노래도 잘하고 말이다. 더군다나 얼굴도 귀엽게 생긴 소위 말하는 미래가 보일 만한 사람이었다는 것이다.

그런데 그게 문제였다. 그녀가 졸업하고 나서 어떤 엔터테인먼트 회사에 스카우트되어 갔는데 그곳은 방치라고 해도 될 정도로 아무것도 해 주지 않았다는 것이다.

결국 아무런 지원도 받지 못한 상태에서 그녀는 알바로 생활을 이어 가다가 우연히 거대 소속사의 눈에 띄어 이적하기로 했는데 기존 소속사에서 손해배상으로 30억을 요구하고 있는 상황이라는 것.

그런데 이 상황이 부담스러운 건지 이적하기로 한 소속사에서 손을 털려고 한다는 것이다. 지금이 마지막 기회라는 걸 직감적으로 안 그녀는 이리저리 방법을 알아보고 있지만 길이 보이지 않는다는 것.

"이름이 뭔데?"

"윤채미."

"윤채미?"

"응."

형진은 자신의 기억을 더듬었다. 그런 상황이라면 '혹시나 미래의 기억이 남아 있을 수도 있지 않을까?'라는 생각이 들었기 때문이다.

"모르겠는데."

"글쎄…… 활동하는 그룹명은 알려나. '비트하트'라는 그룹인데."

"비트하트?"

이름은 어렴풋이 기억이 난다. 유명한가? 그건 아니다. 멤버 중 한 명이 결국 무명의 설움을 이기지 못하고 자살했다고 뉴스에 나온 적이 있었던 것이다.

'그게 누군지는 모르지만 말이야.'

그게 윤채미인지 다른 멤버인지는 알 수 없다. 확실한 건 그중 한 명이 죽었다는 것뿐이다.

"오빠가 봤을 때 어때?"

"뭐, 고전적인 방법이야."

"고전적인 방법?"

"그래, 가능성 있는 애들은 죄다 묶어 두는 거지. 그 후에 신경도 안 쓰고 방치하다가 누가 그 애들을 노리면 돈을 뜯어내는 거야."

"그런 사기도 있어?"

"그래."

미래에는 이런 사기를 못 친다. 노예 계약 문제가 심각해져서 이런 식의 계약서는 인정하지 않기 때문이다. 하지만 지금은 아니다. 지금은 무조건 계약서가 우선이라고 본다. 그리고 그걸 파기하기 위해서는 너무 조건이 까다로웠다.

"일단…… 그건 내가 이야기해 봐야겠는데?"

"그 말은 받아 주겠다는 말?"

"그래야지. 도움이 필요한 사람의 도움을 거절하면 변호사가 아니지."

"오빠! 너무 고마워! 뽀뽀라도 해 줄까?"

"님 자제염."

시시덕거리는 예림이를 보면서 노형진은 어쩌면 이 문제를 해결하는 게 쉽지 않을지도 모르겠다고 생각했다.

⚖

"안녕하세요."

"반갑습니다. 노형진입니다."

"윤채미예요."

커피숍으로 나온 여자는 피곤한 모습이었다. 늘씬한 몸매에다 상당히 아름다운 외모까지 가지고 있었을 여자의 얼굴은 어두운 그늘로 인해 더 이상 아름답다는 말을 할 수 없을 정도였다.

"사기를 당하셨다고요?"

"네."

"예림이한테 간단하게 듣기는 했지만 자세하게 설명 좀 해 주시겠어요?"

"그게……."

졸업하고 난 후 그녀는 오디션을 보러 다니다가 우연히 길거리 캐스팅을 받았단다. 잔뜩 기대하고 간 곳에는 노래 연습실과 댄스 연습실까지 있는 제대로 된 기획사가 있었고, 그녀는 행복한 미래를 꿈꾸면서 계약서에 사인했다.

처음에는 어느 정도 지원이 들어왔다. 멤버들도 구성되고 곡도 받았다. 그런데 어느 순간부터 지원이 끊어지기 시작했다. 춤추는 시간보다 알바를 하는 시간이 더 늘어났고 나중에는 아예 행사 일정도 잡히지 않았다.

일단 앨범을 내기는 했지만 홍보 자체가 되지 않았기 때문에 앨범은 완전히 망했고 회사는 사무실을 제외한 다른 곳을 팔아서 빚을 갚아 버렸다고 들었단다.

미안한 마음에 정산은 말도 못하고 있었는데 우연히 대형 소속사가 접근했다. 그래서 그들과 계약했는데 원래 소속사

쪽에서 계약 위반을 이유로 30억을 요구하는 상황이라는 것이다.

"미안하긴 해요. 우리를 위해서 노력했음에도 불구하고 그렇게 된 건 미안하지만 아무런 지원도 없는 상황에서 저라고 어쩌겠어요."

"흠……."

노형진은 듣다가 턱을 쓰다듬었다. 얼핏 보면 양쪽 다 불쌍한 느낌이 드는, 결국 사회의 희생자인 듯한 상황.

'하지만 그 내면을 봐야지.'

희생자인 것처럼 꾸미는 방법은 많다. 그리고 그렇게 되면 법적으로도 유리한 부분이 있다.

"그래서 계약 무효 소송 중이라는 거죠?"

"네."

"그럼 한 가지만 물어보죠. 캐스팅에서 데뷔까지 얼마나 걸렸죠?"

"한 다섯 달요."

"다섯 달?"

"네."

'너무 빨라.'

자신이 이런 사건을 맡아 봐서 안다. 보통 짧다고 해 봐야 1년이다. 진짜 재능이 있거나 다른 곳에서 장기간 연습생을 했다면 모를까, 고작 다섯 달 만에 곡과 춤을 후다닥 만들어서 내보내는 사람은 드물다.

"멤버는 몇 명입니까?"

"저 포함해서 네 명요."

"네 명이라……. 혹시 그 안에 사장이랑 친한 사람 없었습니까?"

"어…… 맞다! 친한 언니가 한 명 있었어요. 리더 언니가 사장하고 무척 친했어요."

"그리고요? 한 명 더 있을 것 같은데."

"어? 어떻게 아세요? 다른 언니 한 명도 친했어요."

"그 두 사람은 끝까지 의리를 지키겠다며 거기 남았죠?"

"네, 신기하네요. 어떻게 그걸 아시는 거예요?"

그 말을 들을수록 노형진의 얼굴은 점점 어두워졌다.

"그럼 한 가지만 물어볼게요. 그 연습실 주소, 압니까?"

"알아요. 서울시 강동구……."

주소를 받은 노형진은 바로 일어나서 그녀를 데리고 등기소에 가서 그 주소의 등기부 등본을 한 부 복사해 왔다. 그러고는 한숨을 쉬었다.

"제대로 당하셨습니다."

"네?"

"제대로 당하셨다고요."

"그게 무슨 말씀이세요?"

"이 녀석들, 프로네요."

노형진이 등기부 등본을 펼치자 거기에는 파리 연습실이라는 상호가 적혀 있었다.

"어?"

"소속사 이름이 코모리엔터테인먼트라고 하셨죠?"

"네."

코모리엔터테인먼트가 그녀가 있던 소속사의 이름이었다. 그런데 파리 연습실이라는 전혀 생소한 이름이라니?

"어떻게 된 거예요?"

"이거…… 사기꾼이 제대로 함정을 판 겁니다."

사기라는 것은 일반적으로 아예 갚을 생각이 없을 때 성립하는 것이다. 문제는 아주 조금이라도 갚거나 투자한 흔적이 있다면 사기가 성립하지 않는다는 불편한 진실도 있다는 점이다.

"그 법의 허점을 이용한 사기입니다. 최소한의 투자는 하는 겁니다. 아마도 이 투자 비용은 잘해 봐야 300만 원 정도일 겁니다. 의상은 싸구려 시장표로 대충 마련하면 되는 거고 곡도 대충 싸구려 곡 하나에 100만 원이면 받을 수 있습니다. 그렇게 되면 명실상부하게 투자했으니까 자기네 전속 가수가 되는 거죠."

"그럼?"

"그게 함정입니다. 그렇게 묶어 두고 어느 순간 투자를 딱 끊어 버리는 거죠. 낭중지추라고 하죠? 재능 있는 사람은 당연히 다른 쪽에서 발견하고 손을 내밀게 되어 있습니다. 그러면 소송을 하는 거죠, 전속이라고 하면서."

"그…… 그럴 리가……."

"그럴 리가가 아닙니다. 투자 비용이 일반적인 경우를 생각하면 터무니없이 낮아요. 더군다나 녹음 시간이 고작 세 시간요? 제대로 된 노래 한 곡을 만들려고 수십 시간 내내 한 곡만 녹음하는 경우도 있습니다. 어떤 가수가 일주일 내내 한 곡만 녹음했다는 얘기, 못 들어 보셨습니까? 그런데 앨범 전체가 세 시간이라는 건 말이 안 됩니다. 그리고 이 연습실도 그래요. 간판도 없고 아무것도 없게 한 뒤에 마치 자기네 회사인 것처럼 속였겠지만 전혀 다른 회사입니다. 즉, 공간만 빌려주는 다른 회사라는 거죠. 간판이 없으니 자기네 것처럼 속이고 빌려서 사용했을 겁니다. 판 것이 아니라 그냥 임대 기간이 끝났을 거예요."

노형진이 말할수록 점점 얼굴이 새파랗게 질리는 윤채미.

"그리고…… 멤버 문제인데……."

어찌 보면 이 부분이 가장 힘든 부분일 수도 있었다. 함께 활동하던 사람들의 배신이니까.

"애초에 사기꾼 멤버일 겁니다."

"뭐라고요?"

믿을 수 없다는 얼굴이 되는 윤채미. 하지만 노형진이 봤을 때 이건 이미 잘 짜인 한 편의 연극 같은 함정이었다.

"그들은 멤버로 들어온 척 함께하다가 사건이 진행되면 불리한 증언을 하는 게 목적일 겁니다. 가장 가까이에서 봐 온 멤버가 불리한 증언을 하면 당연히 당사자는 불리해지는 거죠."

"헉!"

"아마 이 사정을 모르는 사람은 채미 씨와 그곳에 있던 다른 한 사람일 겁니다."

그 말에 윤채미는 벌벌 떨리는 몸으로 고개를 끄덕거렸다.

"그 아이는…… 아직도 연락하고 지내요……. 저보다도 더 어린데……."

"아마 그 아이는 재능이 있겠지요?"

"네."

"그리고 두 언니라는 사람은 얼굴은 예쁘지만 재능이라고는 안 보일 테고요."

그 말에 고개를 끄덕거리는 윤채미.

"쩝…… 제대로 작정했네요."

"어…… 어떻게 그런……."

"어떻게가 아니라 흔한 사건 중 하나입니다."

털썩.

윤채미는 그대로 허물어지듯 쓰러졌다. 믿어 의심치 않았다. 소송에 들어갔다고 해도 대화를 통해서 해결할 수 있을 거라 믿었다. 그런데 사기라니?

"그곳은 규모에 비해서 연습생이 많지 않았습니까?"

"네? 아! 맞아요!"

"죄다 사기의 희생자인 거죠. 그중 한 명만 제대로 걸려도 본전의 몇십 배는 뽑아낼 수 있으니까요. 그리고 아마 대부분 회사를 찾아간 게 아니라 길거리 캐스팅을 당했겠지요."

"하…… 하지만 어…… 어떻게 제가 지망생인 줄 알고……."

하루에도 수만 명이 다니는 것이 길바닥이다. 거기에서 어떻게 연예인 지망생을 알아본단 말인가?

하지만 그건 일반적인 생각일 뿐, 노형진이 봤을 때는 뻔했다.

"원래 소속사들이라는 건 어느 정도 동선이 짜여 있기 마련입니다. 방송국과 공연장으로 바로 이동할 수 있는 위치에 있어야 하지요. 강원도나 전라도에 연예 기획사가 있다는 소리, 들어 보셨습니까?"

그 말에 고개를 흔드는 윤채미.

"그런 곳에 다니는 사람들은 아무래도 지망생인 경우가 높아질 수밖에 없습니다. 그리고 그중 아예 화장하지 않거나 간단하게 입고 다니는 사람은 그들의 대상이 아닙니다."

"어째서요?"

"일단 일반인인 경우도 있지만 제대로 된 다른 소속사의 연습생일 경우도 있으니까요. 격하게 운동하고 땀을 흘리는 게 연습일 텐데 화장을 진하게 하지는 않을 거 아니에요. 그러니 반대로 과도할 정도의 화장을 하고 옷을 신경 써서 입고 나왔다는 건 어딘가에 지원하러 왔다는 뜻이 됩니다. 게다가 그런 때 입는 옷은 소개팅 같은 곳에서 입는 옷과도 다르구요."

그 말에 윤채미는 털썩 눈물을 흘리기 시작했다. 자신이 길거리 캐스팅이 된 날. 그날은 다른 소속사에서 오디션을 보고 가는 길이었다.

'쩝……'

연예 기획사들의 사기 문제는 어제오늘 일이 아니다. 오죽하면 연예계 근무자가 기획사의 70%는 생양아치 사기꾼이라고 말했을 정도다. 적당하게 한탕 하고 털고 나가기에 딱 좋은 것이 바로 연예 기획사였다.

"제대로 속으신 겁니다."

"흑흑흑."

"자자, 진정하시고……. 일단 해결책을 찾아봅시다."

노형진은 입맛을 다시면서 그녀를 일으켰다. 그리고 주변의 따가운 시선을 느꼈다.

'아, 진짜. 내가 울린 거 아니거든.'

그는 억울한 듯 속으로 중얼거렸다.

⚖️

"코모리엔터테인먼트. 작년에 생겼습니다. 사장은 김광준입니다. 전과가…… 사기 3범이네요."

"그렇지."

이런 치밀한 시스템을 아무것도 모르는 사람이 만들었을 리 없다.

"사기 전과 3범이면 그 외에 안 걸린 사기들도 있겠지?"

"당연히 있겠지요."

전과라는 것은 잡혔기에 생긴 것이다. 저들의 표현을 빌리자면 작업 실패로 인한 결과다. 반대로 말하면 작업이 성공한 경우, 잡히지 않은 채로 잠수를 탄다는 뜻이다.

그러니 전과 3범은 그가 범죄를 저지른 게 세 번이라는 게 아니라 그가 실패한 게 세 번이라는 소리다.

"여러 번 했겠군요."

"그렇지요. 이런 식이라면 걸리기 힘듭니다. 어떻게 아신 겁니까?"

"하하하…… 비슷한 사건이 있었거든요."

"비슷한 사건요?"

고문학은 고개를 갸웃했다. 새론에서는 아직 연예계 쪽 사건을 담당한 적이 없기 때문이다.

"개인적으로 활동할 때의 사건입니다."

"아!"

그 말에 고개를 끄덕거리는 고문학.

"그래도 용케 아셨네요?"

"뭐, 그때 워낙 고생해서요. 그나저나 이 녀석, 프로군요."

"네, 프로입니다."

원래 사기꾼 하수의 말은 거짓이 90%지만 고수의 말은 진실이 90%다. 김광준의 경우는 법적으로 아무런 문제가 없이 완벽하게 처리한 걸 볼 때 하수가 아닌 고수에 속하는 듯했다.

"이거, 곤란한 사건을 담당하셨네요."

고문학은 걱정스럽게 중얼거렸다.

"뭐, 저야 곤란한 사건 전문 아닙니까?"

"하하하."

그게 새론에서의 노형진의 정확한 포지션이었다. 곤란한 사건 전문. 그걸 해결해서 일종의 루트를 만드는 것.

'게임 공략을 한 번도 안 해 본 내가 변호 공략이라니.'

기가 막혀서 말이 안 나온다. 그렇다고 안 할 수도 없는 노릇.

"그럼 어쩌실 생각입니까? 저쪽에서는 방어를 아주 탄탄하게 하고 있는데요."

"그렇지요."

이런 사건이 다른 사건과 다른 점.

다른 사건의 경우 우발적으로 저질렀거나 아예 범행 후의 은폐, 뒤처리를 하려는 것이 많다.

하지만 이 사건은 애초에 소송전을 벌일 걸 예상하고 거기서 승리하기 위해서 짜 둔 함정이기 때문에 다른 사건보다 훨씬 난이도가 높다.

"일단 몇 가지를 확인해 봐야겠습니다. 고문학 팀장님, 해당 사건의 피해자들을 좀 알아볼 수 있을까요?"

"뭐, 어렵지는 않지요. 한번 알아보겠습니다."

"부탁드립니다."

노형진은 다시 사건 기록으로 시선을 돌렸다.

⚖

"남 변호사님, 아니 신참도 아닌데 왜 나서신 겁니까?"

스킬을 전수하기 위해, 노형진이 사건에 나서면 보통 다른 변호사 한 명이 도와주는 경우가 많다. 그리고 대부분 신참이 그런 역할을 한다. 그런데 신참도 아니고 한참 선배, 그것도 자신만의 스킬이 완성된 남상주 변호사가 스스로 나서서 끼어들었다는 것이 의외였다.

"음, 아이돌을 좋아해서?"

"아이돌을 좋아하는 게 아니라 자기 아이를 좋아하는 나이시잖아요?"

"하하하."

물론 삼촌 팬이라는 말도 있지만 아직은 그런 게 인정될 시대가 아니다. 더군다나 삼촌 팬이라고 해도 유명 걸 그룹이나 그렇지, 이 경우는 데뷔도 제대로 하지 않은 아이 아닌가?

"뭐, 그냥, 이런 사건들이 더 벌어질 것 같아서 말이지."

"무슨 말씀이신지?"

"우리에게는 미다스의 손인 자네가 있지 않은가?"

"끄응……."

그러니까 이런 사건이 더 들어올 것 같으니 아예 제대로 배우겠다는 뜻이다.

"그리고 이런 건 아무리 봐도 신참들이 해결하기에는 좀 역부족인 것 같아서 말이지."

"그건 그렇지요."

아무리 노력한다고 해도 안 되는 것. 그것이 바로 연륜이다. 더군다나 이런 사건, 즉 고소가 들어올 것을 가정하고 방어 방법을 만들어 놓은 사건의 경우에는 더욱더 변호사의 연륜이 중요하다.

"비슷한 사건들은 연식이 있는 사람들이 담당하는 게 좋을 거야."

"그럴 겁니다."

노형진 역시 그 말에 고개를 끄덕거렸다.

"그래, 노 변호사, 뭐부터 할 건가?"

"글쎄요……. 기본적인 건 남 변호사님도 아실 테니 의미가 없고."

자신이 할 수 있는 걸 찾아내는 게 우선일 것 같았다. 그렇게 한참 지나고 나서 노형진은 재미있는 생각을 했다.

"우리 설문 조사를 한번 해 볼까요?"

"설문 조사?"

"네."

다짜고짜 방송국에 찾아간 두 사람. 그 때문에 방송국 경비는 크게 당황스러워했다.

"재판을 위해 협조를 요청한다고요?"

"네."

"그걸 우리 방송국에서 한다고요?"

"정확하게는 방송국에 출입하는 연예인들을 대상으로 할 겁니다."

"아니, 무슨 설문 조사를 그렇게 한다는 거요?"

"필요하니까요."

"거참, 안 돼요. 나가요, 나가."

"경비원님."

"안 된다니까요."

"경비원 각하!"

노형진은 경비원에게 끈덕지게 달라붙었고 경비원은 절대 안 된다면서 질색을 했다. 아니, 좋은 것도 아니고 방송국에서 연예인을 대상으로 설문 조사를 한다니.

"어?"

그때 등 뒤에서 들리는 목소리.

"형진이 맞지? 노형진?"

"응?"

노형진이 고개를 돌리자 거기에는 한 여자가 서 있었다.

"누구세요?"

"누구냐니? 나 기억 안 나?"

"음…… 네…… 죄송합니다."

"하긴. 생얼과 화장한 얼굴이 극단적으로 다르기는 하지. 나 선주야, 선주."

"선주…… 선주……? 선주 누나?"

선주라는 말에 노형진은 깜짝 놀랐다.

"여기서 뭐 해요?"

"나? 방송국 AD야."

AD는 쉽게 말해서 촬영을 도와주는 일종의 무대감독 같은 역할을 하는 사람이다.

"누나가요?"

"호호호, 솔직히 내가 가수를 할 얼굴은 아니잖니."

"얼굴은 둘째 치고 아직도 음치예요?"

"윽."

선주는 그가 학원에서 공부하던 시절에 만난 소녀들, 즉 노형진의 표현을 빌리자면 작은 아씨들이라 부르던 집단의 한 명이었다. 그런데 여기서 만나게 될 줄은 생각도 못했다.

"너 변호사 되었다는 소식은 들었는데, 어쩐 일이야?"

"아, 사실은 설문 조사를 할 게 있어서요. 그런데 아무래도 연예인들, 특히 가수들을 상대로 해야 하는데 방법이 없어서 무작정 왔죠."

"음…… 그거라면 내가 도와줄 수 있을 것 같은데."

"그래요?"

노형진은 의외였다. AD가 일반 직원보다 높은 직급이기는 하지만 그렇다고 연예인들에게 감 놔라 배 놔라 할 정도로 높진 않다. 그 정도가 되려면 방송 자체를 총괄하는 PD쯤 되어야 한다.

"뭐야, 그 믿음직스럽지 않다는 그 얼굴은?"

"ㅎㅎㅎㅎ."

"나 말고 우리 아빠를 믿으면 돼."

"아버님요?"

"〈뮤직탱크〉 PD."

"엥? 방송국에 다니는 분이셨어요? 근데 왜 그런 시골에?"

"아, 모르니? 그때는 지방 순환 근무 때문에 지방에 있었던 거야."

"그래요?"

어찌 되었건 도움을 받을 수 있게 되었다는 사실에 노형진은 안도의 한숨을 내쉬었다. 그리고 뭐 씁은 듯한 표정을 하고 있는 경비원에게 손을 흔들면서 안으로 들어갔다.

잠시 후 두 사람은 안에서 선주의 아버지인 〈뮤직탱크〉의 PD를 만날 수 있었다.

"반갑습니다."

"반갑소, 선주 아비 되는 사람이오."

"노형진입니다."

"남상주입니다."

"아, 노형진. 선주한테 많이 들었지. 위험할 때 도와줬다면서?"

"아, 네. 하하하…… 어쩌다 보니……."

"그런데 어쩐 일인가?"

그가 만나자마자 말을 낮췄으나 노형진은 그다지 신경 쓰지 않았다. 자신이 그의 딸의 친한 동생이라는 것을 알기 때문이다.

"사실은 이러저러해서……."

몇 마디 말을 하면서 부탁드리자 그는 고개를 끄덕거렸다.

"음…… 하긴 그게 심각하기는 하지."

"그렇습니까?"

다른 사람도 아닌 PD의 입에서 그런 말이 나오자 남상주는 의외라는 얼굴이었다.

"아무래도 심각하지요. 연예인을 지망한다는 것 자체가 어리고 예쁘다는 건데 세상 물정을 모르기까지 하니 그걸 어떻게든 이용해 먹으려고 온갖 잡놈들이 모입니다."

"그 정도입니까?"

"한국 내 유수의 연예 기획사들 중에 조폭 자금이 안 들어간 곳이 드물 정도입니다."

"왜요?"

"어리고 예쁜 애들이니 적당히 훈련시키다가 못 뜨면 겁줘서 텐프로 같은 데에 보내기 좋거든요."

생각지도 못한 말에 얼굴이 찡그려지는 남상주였다.

"텐프로요?"

"네, 뭐. 자기가 원해서 보내는 거라면 모르겠지만 대부분은 앨범이 망해서 발생한 손실을 애한테 뒤집어씌우고 협박해서 보내는 겁니다."

그렇게 끌려간 아이는 인생이 망가진 채로 빠져나오지 못할 구렁텅이에 빠지고 만다.

"그러다 보니 아무래도 문제가 많은데 통제가 안 돼요."

"정부에서는 대책이 없답니까?"

그 말에 그는 코웃음을 쳤다.

"그게 될 리가 없지 않소. 그런 곳에서 성 접대를 받는 주요 인사들 중에 정부 사람들이 얼마나 많은데."

생각보다 심각한 문제라는 사실을 깨달은 남상주는 깜짝 놀랐지만 이미 알고 있던 노형진은 별말 하지 않았다.

'완전 개판이지, 진짜.'

회귀 전, 소송해 본 경험에 따르면 노예 계약은 기본이고 아주 대놓고 연습생을 창녀 취급을 하는 놈들도 있었다.

심지어 자신이 먼저 맛본답시고 강간하고는 질려 버리니 이적이란 이름으로 다른 소속사에 팔아넘기는 놈도 있었다.

문제는 그렇게 사 간 녀석도 비슷한 놈이라는 것이다.

"소송도 못합니까?"

"아무래도 조폭 자금이 들어간 곳이다 보니……."

'아, 내가 그 생각을 못했구나. 일단 안전 대책부터 세워야 하나?'

이 시대에는 의외로 이런 문제에 대한 소송이 적었다. 그럴 수밖에 없는 게, 아직은 조폭의 영향이 강할 때이기 때문이다.

"조성민이라고 아시오? 몇 년 전만 해도 날렸는데."

"알죠. 그러고 보니 요즘은 안 나오네요?"

"그 사람이 왜 못 나오는지 아시오?"

"……?"

조성민은 1집부터 대박이 난 말 그대로 초대형 슈퍼 가수다. 그런데 요즘은 방송 자체가 뜸하다.

"왜 그런 겁니까?"

"소속사를 옮겼잖소이까."

"그래서요?"

"PD들의 안전을 누가 지켜 주는 건 아니니까."

"헐."

쉽게 말해 조성민이 소속을 옮기자 기존에 있던 기획사가 조폭을 동원하여 PD들을 협박한다는 것이다, 출연하지 못하도록.

"그뿐이겠소? 루저스는 어떤데."

"루저스?"

루저스는 한창 잘나가는 힙합 그룹이다.

"멤버 중 한 명이 아침마다 신문 배달을 하고 있소."

"네? 뜬 지 한참 되지 않았나요?"

"잘되면 뭐 합니까, 돈을 만지지도 못하는데?"

생각지도 못한 말에 남상주 변호사는 깜짝 놀랐다. 이렇게까지 개판인 경우는 처음이었기 때문이다.

"아니, 왜요?"

"노예 계약 때문이죠. 보통 아무리 가수가 떠도 소속사에서 투자비 회수 명목으로 짧게는 2집, 길게는 3집까지 땡전 한 푼 안 주는 경우가 많아요."

"그게 말이 돼요?"

"이 바닥은 됩니다. 견제 장치가 없으니까요."

연예 기획사들이 그 난리를 치면 견제할 수 있는 가장 강력한 집단은 역시 방송국이다. 하지만 그들로부터 성 상납이나 금품을 받기에 견제 자체를 포기한다.

"그래서 개판이죠."

"음……."

남상주는 생각보다 상황이 심각하자 신음성을 흘렸다. 견제가 없는 세력은 통제할 수 없기 마련이다.

'과연 이길 수 있을까?'

지금까지의 모든 것이 범죄로 성립되고 있었다. 그러나 재판에 들어가면 이권 문제가 될 가능성이 높다. 그렇다면 평소 로비한 사람들이 승리하기 마련이다.

"뭐! 진다고 생각하면 아무것도 못 하잖아요. '구더기 무서워서 장 못 담그냐.'라는 말이 있듯이 말입니다."

"하긴 자네 말이 맞군. 그런데 도대체 그 설문 조사라는 건 뭐에 쓰려고 하는 건가?"

"다 쓸데가 있답니다. 후후후."

"생각보다 쉽게 설문 조사를 했네요."

다른 사람도 아닌 음악 프로의 PD가 여론조사를 부탁하자 거절하는 사람이 없었다. 더군다나 나쁜 것도 아니고 자신이 생각하는 대로 쓰라고 한 것이기에 다들 기꺼워하면서 조사에 응해 줬다.

"그게 쓸데가 있는 건가?"

"네."

남상주는 도대체 왜 여론조사를 한 건지 알 수가 없었다. 더군다나 대상인 코모리엔터테인먼트에 대한 것도 아니다.

"그날 가서 보시면 압니다. 그다음은 술 한잔하러 가죠."

"술?"

"네."

"아니, 자네는 술 별로 안 좋아하잖나?"

노형진은 술을 못 마시는 건 아니지만 술에 취해서 자기가 통제할 수 있는 상태에서 벗어나는 걸 끔찍하게 싫어하는 타입이라, 피치 못할 경우가 아니라면 술을 마시지 않는다. 그런데 술을 먹으러 가자니?

"엄밀하게 말하면 술은 남 변호사님이 마시고 전 이야기하려는 거죠. 후후후."

"도대체 어디로 가려고 하는 건가?"

"따라와 보시면 압니다."

남상주는 노형진을 따라서 어떤 가게로 향했다. 그리고 무척이나 놀랐다.

"룸살롱 아닌가?"

"네."

"여기는 도대체 왜 온 건가?"

"만날 사람이 있어서 왔습니다."

"이렇게 이른 시간에?"

"안 그러면 못 만나거든요."

노형진은 안으로 들어갔고 그곳에서 한 여자를 불렀다.

"연주랑 태희를 불러 주세요."

"알겠습니다."

웨이터는 바로 나갔고 얼마 후 안으로 두 사람이 들어왔다.

"연주예요."

"태희예요."

"반갑습니다. 새론 법무 법인의 노형진 변호사입니다. 이쪽은 남상주 변호사입니다."

"네?"

두 사람은 고개를 갸웃했다. 물론 손님 중에는 변호사들도 많다. 하지만 대부분 거들먹거리면서 자신들을 성 노예처럼 취급하지, 이렇게 정중하게 자신을 소개하지는 않는다.

"두 분, 김광준 사장에 대해서 아시죠?"

그 순간 두 사람의 눈에서 놀라움과 증오의 빛이 스치고 지나갔다.

"우리를 어떻게 찾아오신 거죠?"

"사람 찾는 거야 잘하는 사람들이 있지 않습니까?"

그 말에 두 사람은 말을 못 했다. 실제로 돈을 떼먹고 도망가는 여자들을 끌고 오는, 전문적으로 사람들을 찾는 사람들이 있기 때문이다.

"갚는다고 하세요. 이렇게 와서 깽판 치지 않아도 갚습니다."

연주는 표독스러운 얼굴이 되었다. 노형진은 그런 그녀를 진정시켰다.

"자자, 진정하십시오. 우리는 그들이 보내지 않았습니다. 도리어 반대죠. 두 분이 당하는 것과 똑같이 당하는 사람이 소송 중입니다."

"하아."

그 소리를 듣고 태희는 한숨을 쉬었다.

"그거랑 무슨 관계죠? 설마 그 재판에 나와서 증언이라도 해 달라는 건가요?"

"네."

그 말에 얼굴에 썩소가 떠오르는 연주.

"그래서 무슨 소용이 있다는 거죠? 저나 태희나 무려 15억을 갚아야 하는 처지입니다. 그것도 매년 20%의 이자로 말이죠. 평생 이렇게 살다 죽어야 하는데 당신을 도와줘 봐야 좋을 거 하나 없는데요?"

이 두 사람은 김광준 사장에게 벌써 사기당했던 사람들이었다. 결국 돈을 갚기 위해서 이런 곳까지 끌려왔다. 그들이 갚아야 하는 돈은 15억.

매년 20%의 이자만 하더라도 1년에 2억이 넘는다. 아무리 룸살롱에서 일한다고 해도 녹록치 않은 돈이다. 더군다나 지금은 어리고 예뻐서 인기라도 있지, 나이를 먹어서 퇴출된다면 죽는 수밖에 없는 것이다.

"우리는 어차피 재판에서 졌습니다. 우리가 할 수 있는 건 없는 것 같네요."

별로 도와주고 싶은 생각도 없다는 투로 말하는 연주. 그리고 말은 하지 않았지만 그다지 관심 없어 보이는 태희.

"압니다. 그럴 거라고 예상했지요. 하지만 그렇기 때문에 여러분들은 더더욱 저를 도와주셔야 합니다."

"왜 그런지 말해 보시죠."

노형진은 물로 목을 축이고는 천천히 입을 열었다.

"지금 제가 담당하고 있는 사람은 여러분과 똑같은 방식으로 당했습니다."

노형진은 고문학에게 이야기해서 사장이 승리한 사건에 집중해 달라고 했다.

보통은 패배한 사건에 집중하지만 전과를 달았다는 것은 제대로 작전이 들어가기 전에 형사처벌을 받았다는 것이니 지금의 자신에게는 도움이 되는 정보가 적다.

하지만 패배한 사람들은 다르다. 손해배상 규모의 특성상 노예나 마찬가지인 삶을 살고 있을 게 뻔하다.

"그래서요?"

"다시 말해서 이번 사건에서 저희가 승리한다면 녀석은 똑같은 방법은 못 쓴다는 뜻입니다."

"누차 말하지만 우리랑 상관없는 소송이라니까요. 우리는 재판에서 졌습니다."

"재판은 뒤집으면 됩니다."

"항소 기간도 지났어요."

태희는 포기한 듯 말을 꺼냈다. 노형진은 그런 그녀를 바라보았다.

"항소가 아니라 채무 부존재 소송이라는 게 있습니다."

"채무 부존재 소송?"

"잘못된 정보로 잘못된 판결을 내린 경우라면 채무 부존재 소송이 가능합니다. 그리고 그 잘못된 판결을 뒤집기 위해서는 두 분의 도움이 필요합니다."

그 말에 두 사람의 눈꼬리가 파르르 떨렸다.

"그러니까 당신이 소송에서 이기면 그걸 증거로 삼아서 채무 무슨 소송을 하면 더 이상 돈을 갚을 필요가 없다는 건가요?"

"없는 정도가 아니라 준 돈도 다시 돌려받을 수 있습니다."

"진짜로요?"

"네. 두 분, 얼마 정도 됩니까?"

"……"

"저도 이런 삶이 어떤 건지 알고 있습니다. 말씀하세요."

그 말에 여자는 잠시 침묵을 지키다가 힘겹게 입을 열었다.

"전 5억…… 정도……."

"저도 한 4억 정도……."

"그렇게 많습니까?"

남상주 변호사가 그 소리를 듣고 입을 쩍 벌렸다. 아무리 봐도 20대 초중반으로 보이는데 억 단위라니?

"이 바닥에 있는 말이 있죠. 손님은 티코를 타고 나가고 아가씨는 벤츠를 타고 나간다고."

"끄응……."

노형진의 말에 자신도 모르게 신음성을 흘리는 남상주 변호사.

"어린 변호사님은 좀 놀아 보셨나 보네요."

태희의 말에 이상한 표정이 되는 남상주 변호사. 노형진은 아차 싶었다.

'놀기야 했지…… 전생, 아니 미래에.'

그러나 그렇다고 말할 수는 없는 노릇.

"비슷한 사건을 해 본 적이 있어서요."

"아, 그래요?"

"네, 어찌 되었건 그런 식으로 갚아 봐야 결국은 이자도 못 갚습니다. 두 분 다 이 바닥이 어떻게 굴러가는지 아시니 어떤 식인지도 아시잖습니까?"

"……."

인기가 떨어지면 이리저리 팔려 다니다가 결국에는 섬에 끌려가게 된다. 그런데 그곳에서도 가치가 없어지면? 운이 좋으면 방치되지만 운이 나쁘면 장기 매매의 희생자가 되는 것이다. 당연히 여자는 살아남기 위해 필사적으로 몸을 팔 수밖에 없다.

"두 분 다 김광준 사장이 조폭 계열과 선이 닿아 있다는 사실은 알고 계시죠?"

"네."

"그럼 최악의 가능성이 있다는 사실도 알고 계실 겁니다."

그 말에 부르르 떠는 두 사람.

"이대로 두면 길어 봐야 20년이겠지요."

20년 후면 팔릴 만큼 팔려 가치 없는 여자가 될 테고, 그렇게 되면 김광준은 서슴없이 그들을 장기 밀매 조직에 팔아넘길 것이다.

"하지만…… 증언하면……."

"증언하면 도움을 받을 수 있습니다."

"무슨 수로요? 경찰이 스물네 시간 내내 따라다니지도 못하잖아요?"

"증인의 신변 보호 같은 것은 재판을 청구해서 모든 정보를 바꿀 수 있습니다. 전혀 다른 곳에서 전혀 다른 사람으로 살아가는 거죠."

"다른 사람으로 산다……."

"네, 그 돈을 돌려받는다면 어디서 다시 시작해도 문제는 없을 겁니다. 해외에 이민 가서 사는 것도 가능하겠지요."

그 말에 입술을 깨무는 태희.

"전 할게요."

"태희야!"

"언니! 어차피 무슨 꼴이 날지는 뻔하잖아. 우리가 이 바닥에 있으면서 그런 꼴 본 게 어디 한두 번이야? 이대로 죽기는 싫어."

"하지만……."

"태희라는 이름에 미련도 없다고. 남은 건 빚뿐이고 이제 죽을 날만 기다리는 이름인데 내가 무슨 미련이 있어? 내 꿈이 뭔지 알아? 연예인 아니야. 그냥 좋은 사람 만나서 결혼이나 했으면 좋겠다고……. 그게 꿈이야. 난 이렇게 살기 싫어!"

태희는 악에 받쳐서 외쳤다. 원래 자신은 연예인으로서 꿈이 없었다. 그저 길거리에서 캐스팅되어 운이 좋다고 생각했을 뿐이다. 하지만 그게 악마의 속임수였다는 걸 아는 데에는 얼마 걸리지 않았다.

"기왕 죽을 거면 발악이라도 하겠어."

"태희야……."

연주는 그런 태희를 바라보았다. 어쩌면 태희의 말이 맞을지도 모른다. 어차피 죽을 날만 바라보고 살아가고 있다. 제대로 한다면 새로운 삶을 살 수 있을지도 모른다. 정상적인 남자를 만나서 사랑하고 결혼하고 아이를 낳고 어머니가 되는 그런 삶.

한때는 연예인으로 살기를 원했지만 이제는 평범한 삶을 살 수만 있다면 소원이 없을 것 같았다.

"그 말, 진짜예요?"

"네?"

"진짜로 돈을 갚지 않아도 되느냐고요."

"이긴다면 말이지요. 사실 진다고 해도 손해 볼 건 없습니다. 그렇지 않습니까?"

맞는 말이다. 진다고 해서 이자나 원금이 늘어나는 것도 아니다.

"할게요."

"감사합니다."

노형진은 두 사람에게 진심으로 감사의 인사를 건넸다. 그는 이런 상황에서 마음먹는 게 얼마나 힘든 건지 알고 있었다.

"그럼 뭘 해야 하지요?"

"별거 없습니다. 그냥 현장에 가셔서 사실대로 말하면 됩니다."

"그것뿐?"

"그게 증인의 역할입니다. 자신이 보고 느낀 모든 것을 이야기하는 것 말입니다."

증인이라고 해서 딱히 할 건 없다. 아니, 오히려 뭘 해서는 안 된다. 사심이 섞이지 않은 진실이 가장 강력한 무기이기 때문이다.

"날짜가 잡히면 연락드리겠습니다."

"그런데…… 그건 어떻게 하는 거죠?"

"재판 중에는 해 봐야 소용없습니다. 일단 재판에서 증언하시면 바로 잠수를 타시고 우리 측을 통해서 변경 신청을 하시면 됩니다."

"네."

노형진은 그걸 보면서 안타까움을 금치 못했다. 한국은 주민 번호가 보호되지 않는다. 변경할 수 있으면 좋겠지만 그건 먼 미래의 일.

'일단 개명 신청을 해서 잠시 보호할 수는 있겠지만 주민 번호로 추적하기 시작하면 결국 찾아낼 텐데……'

그걸 막기 위해서는 김광준뿐만 아니라 그 뒤에 있는 다른 조직들도 처리해야 한다는 뜻이다. 그렇다고 저 둘을 빼고 재판을 하자니 저 둘이 아니면 저들의 증언에 반격할 수 있는 카드가 별로 없다.

그만큼 가장 강력한 카드인 것이다.

'일단…… 방법을 찾아봐야겠군.'

그는 심각하게 고민에 빠졌다.

⚖

"뭐라고?"

노형진은 고민하다가 결국 도움이 될 만한 사람을 찾아갔다. 다른 아닌 유민택이었다. 주민 번호를 바꿀 수는 없지만 그라면 다른 방법을 찾아내 줄 것이라 믿기 때문이다.

"아무리 우리와 전략적으로 제휴했다고 하지만 의외의 부탁이군."

"어쩌겠습니까."

정부에서는 증인이나 피해자의 보호에 관심도 없는데 말이다. 실제로 강간 피해자가 가해자를 피해서 이사를 갔어도 가해자가 법원에다 방어권을 이유로 청구하면 이사 간 주소를 주는 게 현실이다.

그러다 보니 도리어 가해자가 보복 범죄를 하는 경우가 더 많다. 거의 정부가 보복 범죄를 방치하는 수준이라고 할 정도니까.

"고작 두 명입니다."

"고작이 아닐 것 같은데? 이런 사건이 한 번만 있을 것 같지는 않군."

"크흠……."

"아무리 우리가 대기업이지만 한계가 있는 법일세. 모든 사람들을 구원할 수는 없어. 더군다나 우리는 성화와 전쟁 중이지 않은가?"

"그렇……지요……."

"아무래도 쉽게 할 일은 아니지."

"알겠습니다."

"물론 못 할 것도 아니지만."

그 말에 노형진의 입에서는 씁쓸한 미소가 떠올랐다.

'아, 이런 거 진짜 싫다.'

예상은 했지만 유민택은 뭔가를 요구했다. 유민택은 사업가다. 공짜로 뭔가를 해 줄 사람이 아닌 것이다.

뭔가를 요구하려면 뭔가를 도와줘야 하는 것. 그것이 그의 철칙이다.

"자네가 우리를 도와준다면 내가 방법을 마련해 보지."

이것이법이다

"고작 두 명을 가지고 거래를……. 좀 너무하시는 거 아닌 가요?"

"거래가 아니라 자네 회사의 미래에 대한 투자라고 할까?"

"끄응…….."

'쉬운 일은 아니겠군.'

하지만 어쩔 수 없었다. 지금을 위해서도 그리고 미래를 위해서도 일단은 그의 부탁을 들어줘야 한다.

"좋습니다. 어떤 부탁인지 들어 보고 판단하겠습니다."

"성화에 대한 공격."

'젠장!'

아니나 다를까, 최상위 난이도의 부탁이다.

"솔직히 말해서 성화와의 싸움에 막대한 자본이 들어가고 있네. 지난번에 성화건강을 날려 버리고 나서 어느 정도 비등한 싸움이 계속되고 있기는 하지만 치명적이지는 않아."

"어째서 그런 겁니까?"

"서로 비슷하니까."

사업가들은 서로 비슷한 생각을 한다. 공격 방식도 기껏해야 특허권이나 표절 상품을 판매하거나 자금을 압박하는 수준이다.

"그러다 보니 서로 공격도, 방어도 너무 비슷하네. 돌파구가 없어."

"그러니까 지난번 농장 사건처럼 전혀 다른 돌파구를 만들어 달라는 말씀이시군요."

"그렇지."

"쉬운 부탁은 아닌데요?"

노형진은 눈을 찡그렸다. 자신은 뿅뿅 만들어 낼 수 있는 마법사 같은 사람이 아니기 때문이다.

"그래도 우리보다는 훨씬 자유롭게 생각하는 사람 아닌 가? 우리도 건강 쪽에 진출했지만 우리가 한 계획은 그냥 덤 핑으로 밀어내는 것이었지, 성화건강의 알로에 농장을 날려 버리는 건 아니었단 말일세."

알로에 농장이 대룡으로 넘어오면서 성화건강은 주력인 알로에 상품의 가격을 높일 수밖에 없었다. 그 농장을 넘겨 받은 대룡건강은 덤핑으로 반격해서 성화건강에 치명적인 타격을 입혔다.

결국 성화건강을 살리기 위해서 다른 그룹에서 투자가 들 어갔고, 그 덕분에 내부에서는 지분에 관한 분쟁이 일어난 상황이었다. 당연히 가장 컸던 김화자의 지분이 가장 작아져 서 사실상 김화자는 성화건강의 실권을 잃어버렸다.

"그런 방법을 하나 만들어 주게."

"아무리 그래도 그런 방법을 만드는 것과 고작 증인 보호 를 도와주는 것은 수지 타산에 맞지 않습니다."

자신을 도와주는 데에 들어가는 돈은 그다지 많은 게 아닐 것이다. 하지만 자신이 그렇게 도와주면 벌어들이는 돈은 수

천억은 될 것이다.

"그럼 다른 조건을 하나 더 달도록 하지."

"어떤 조건 말입니까?"

"알로에 농장 내 이주 마을 어떤가?"

"농장 내 이주 마을?"

"그러네. 어차피 그 지역에 우리가 진출하면 회사원들이나 근로자들이 일하는 집들을 만들어야 하지. 증인들뿐만 아니라 자네가 원하는 사람들에게도 그곳의 입주권을 주겠네."

"끄응…….."

그 정도라면 할 만하다. 그렇게 되면 해외에 있게 되는 데다가 대룡의 마을이니 안전해진다. 그곳에서 범죄를 저지른다는 것은 대룡과 척을 지는 걸 뜻하니 제아무리 조폭이라 해도 함부로 행동할 수가 없을 것이다.

"어떤가?"

"후우…….."

노형진은 한숨이 나왔다.

'장기적으로 맞기는 한데…….'

장기적으로 증인을 보호할 수 있는 시스템을 구축하고 있다면 재판을 하는 데에 있어서도 훨씬 도움이 될 것이다. 대룡의 입장에서도 어차피 한인 마을을 만들면 그곳을 채워야 하니 나쁜 것은 아니다.

'사실 증언 한번 했다고 한국을 떠나는 사건이 그다지 많

지는 않겠지만.'

이런저런 조건을 생각하다 보니 왠지 짜증이 났다.

'아니, 이게 뭔 지랄이야?'

이런 것은 원래 변호사인 자신이 아니라 정부가 제대로 된 증인 보호 프로그램을 만들어서 보호해야 한다.

하지만 대한민국은 어린 소녀를 강간해서 죽게 만드는 녀석들을 보호해 줄지언정 피해자나 증인에게는 관심도 없었다.

"좋습니다."

한참 고민하던 노형진은 고개를 끄덕거렸다. 어차피 미래를 위해서는 그런 절대적인 지원이 필요하다. 최후의 보루가 있다면 사람은 여유롭게 되기 마련이니까.

'그리고 그런 증언을 한다는 것 자체가 결국은 막장인 상황이라는 것이니까.'

여유로운 상황임에도 불구하고 그런 증언을 하는 사람은 드물다. 더 이상 나갈 곳이 없어서 반쯤 포기한 채로 증언하는 사람이 더 많다.

"좋네."

유민택의 얼굴에 미소가 떠올랐다.

'참으로 아까워.'

아무리 봐도 노형진은 사업에 재능이 있다. 하지만 법이란 확고한 목표가 있으니 아쉬울 뿐이었다. 만일 노형진이 사업 쪽으로 진출하고 싶다고 말한다면 1년에 몇억을 들여서라도 데려오고 싶었다.

"그럼 그 둘은 이렇게 하도록 하지. 아직은 그곳에 마을이 없지만 선생은 필요하거든."

"네?"

"그곳을 우리 농장으로 만들었지만 아무래도 그곳에서 일하는 사람들은 대부분 그 나라 사람 아닌가? 그러니 의사소통을 위해서라도 그쪽 사람들이 한국어를 배우는 게 좋지. 우리나라에서 가르칠 것이 아니니 어차피 선생님 자격은 필요 없고 말이야. 어떤가?"

'아오…… 이 늙은 능구렁이 같으니라고.'

아니나 다를까, 방법이 없는 것처럼 말했지만 벌써 그녀들을 보낼 곳과 역할까지도 만들어 둔 상태였다.

'하지만…… 훨씬 나은 상황이기는 한데.'

대룡의 정규직에 해외 파견이라면 나쁜 조건은 아니다. 게다가 그곳에서 좋은 남자를 만나서 결혼할 수 있을지도 모른다.

그녀들이 돌아올 때쯤이면 모든 사건은 끝난 상황일 것이다. 모든 것은 과거에 묻어 둔 채로 새로운 삶을 살 수 있을지도 모른다.

"제가 아니라 증인들에게 물어봐야지요."

"알겠네."

노형진은 이번엔 당했다고 생각하면서 고개를 흔들었다.

진실된 거짓과 거짓된 진실

드디어 재판의 날이 밝았다.

그리고 상대 측 사람들을 보면서 노형진은 눈을 찌푸렸다.

"청계군요."

"또야?"

"그러게 말입니다."

어째서인지 좀 심각하다 싶은 사건들은 계속 청계와 엮이는 듯했다. 하긴, 그들은 범죄 컨설턴트 전문이다. 법의 허점을 이용하는 행동들 말이다.

"어쩐지……. 사기꾼치고는 너무 치밀하다 했습니다."

사기꾼들은 머리가 좋아야 한다. 하지만 아무리 봐도 김광준의 학력으로는 이런 고난이도 사기를 치기에는 힘들 것 같았다. 그런데 그 의문이 청계가 들어오면서 풀린 것이다.

"끄응…… 또 저 녀석들인가?"

물론 청계 쪽도 불편함이 이루 말할 수 없을 정도였다.

요즘 들어 사사건건 자신들과 충돌하는 새론. 거기에 자신들의 천적이라 불리는 노형진이 있기 때문이다.

"자주 뵙는군요."

"그렇습니다. 반갑지는 않군요."

재판 시작 전, 입구에서 어쩔 수 없이 부딪친 두 무리는 서로를 노려보았다.

"그렇게 사니까 좋습니까?"

남상주가 짜증 난다는 얼굴로 그들을 노려보았다.

"이거, 남 변호사 아닌가? 뭐, 돈 좀 번다면서?"

"방 변호사님만 하겠습니까? 세상에서 제일 비싼 게 양심이라는 말도 있던데 말이죠. 얼마나 하던가요?"

"자네, 말조심해."

"하긴, 말은 여기가 아니라 안에 들어가서 해야지요."

"이 녀석이 진짜!"

방 변호사라고 불린 남자가 화를 내려고 하자 다른 변호사가 그를 말렸다.

"진정하세요. 도발에 넘어가면 곤란합니다, 방 변호사."

"죄송합니다, 팀장님."

'팀장?'

노형진은 고개를 갸웃했다. 변호사 사무실에서 변호사들은 평등하다. 그런데 팀장으로 따로 불리는 사람이 나온 것이다.

'이런 경우는 처음인데?'

지금까지 상대는 두 명이 나왔는데 이번에는 세 명. 그것도 팀장이라 불리는 인간이 같이 나왔다.

'이번 사건이 그렇게 중요한 사건은 아닌 것 같고…… 목표는 우리군.'

새론과 청계는 계속해서 부딪치고 있었다. 그러니 전력 탐색차 나온 것이리라.

"너 이 새끼, 재판 끝나고 보자."

"재판 끝나고 볼 일은 없으면 합니다."

"씹할 새끼."

방 변호사는 이를 빠드득 갈면서 안으로 들어갔고 노형진은 고개를 갸웃했다.

남상주 변호사는 언제나 점잖은 성격이다. 그가 날카로워지는 때는 재판정뿐이다.

하지만 지금은 그럴 때가 아니지 않은가?

"압니까?"

"알지. 내가 검사 시절에 부부장검사였어. 바로 윗선이었지."

"그런데요?"

"돈에다가 양심을 팔아먹은 새끼야."

돈을 받고 증거를 바꿔치기하는 건 기본이고 뇌물만 주면 구형 자체를 아주 적게 때려 버렸다고 한다. 판사는 검사가 구형하는 이상으로 형을 내릴 수 없는 것을 이용한 것이다.

"저 녀석한테 뇌물만 잘 쓰면 강간을 해도 집유로 나왔지. 그래서 나랑 사이가 안 좋았어."

"그런데 왜 여기서 만난 거죠?"

"부장검사까지 했다가 얼마 전에 뇌물 사건이 터져서 사표 냈다고 들었는데 청계에 들어갔군."

"질이 좋지는 못하군요."

"청계에 딱 맞는 인간이지."

그 말에 노형진은 눈을 찡그렸다.

'진짜 이건 어떻게든 고쳐야 하는데…….'

법조계, 특히 판사나 검사는 청렴결백해야 한다. 그러나 그렇지 못한 게 현실이다. 이유는 간단하다. 그렇게 돈을 받다가 걸리더라도 나와서 변호사를 하면 그만이기 때문이다.

물론 규정상 일정 이상의 처벌을 받으면 모든 자격이 박탈되지만 그 전에 사표를 내면 의미가 없다. 그러다 보니 어차피 검찰 꼭대기까지 못 올라갈 거, 할 수 있는 거 다 해 먹다가 나와서 전관예우나 받자는 식으로 구는 것들이 있다.

"반갑지 않은 상황이로군."

"어떻게든 해야지요."

어찌 되었건 재판은 시작되었고 물러날 곳은 없었다.

"개정하겠습니다."

드디어 시작된 재판.

"친애하는 재판장님, 원고는 코모리엔터테인먼트라는 회사를 차려 놓고 연예 활동을 하는 자입니다. 그러나 실질적으로 코모리엔터테인먼트는……."

노형진이 공격을 개시하자 팀장이라 불린 변호사가 나서서 방어했다.

"코모리엔터테인먼트는 정상적인 기업입니다. 원고인 김광준의 투자로 운영되는 기업으로 연예 기획사라는 특성상 성공의 기회가 적을 뿐이지, 사기를 목적으로 만들어진 회사가 아닙니다. 피고 측은 단순히 피고가 원고에 대하여 충분한 지원을 하지 못한다는 점을 빌미로 사기라 주장하고 있으나 이러한 사태는 연예계에 흔합니다. 영세한 소속사들은 사력을 다해서 일하지만 연예계에서는 그 노력이 인정되지 않을 경우가 많습니다. 도리어 피고 측은 원고 측의 노력을 무시하고 이중 계약을 통하여 신의성실의 원칙을 위반하여 자신의 수익만을 생각하며 배신 행위를 함으로써 원고인 김광준과 코모리엔터테인먼트에 막대한 피해를 입혔습니다. 이로 인하여 코모리엔터테인먼트는 치명적인 타격을 입었으며……."

아니나 다를까, 저들은 윤채미가 원래 욕심이 많고 사악하며 동료들을 챙길 줄 모르는 나쁜 년이라고 말하고 있었다.

'젠장, 해도 해도 너무하잖아?'

노형진은 눈을 찡그리면서 그렇게 말하는 변호사를 노려보았다.

변호사에게 최고의 미덕이 승리라고 하지만 그건 어디까지나 자신의 의뢰인을 지키기 위한 것이지, 불쌍한 희생자를 만들어서 등골을 빼앗아 먹기 위한 것이 아니다.

"이상입니다."

그쪽에서 말하고 안으로 들어가자 노형진은 한숨을 쉬었다.

"어…… 어떻게……."

윤채미는 충격적인 얼굴이었다. 하긴, 설마 자신을 키워준 회사가 자신을 이런 식으로 표현할 거라 생각하지는 못했을 테니까.

"마음 독하게 먹으세요. 원래 재판이란 더러운 겁니다."

윤채미의 손을 꼭 잡고 진정시킨 노형진은 방어하기 위해서 일어났다.

"재판장님, 원고 측은 정상적인 기업이라고 주장하고 있으나 일반적인 연예계의 사정은 다릅니다. 대부분의 엔터테인먼트라고 주장하는 회사는 오로지 사기를 위해서 만들어지는 경우가 많은데, 이들의 목표물은 아무것도 모르는 젊은 여성인 경우가 대부분입니다."

"재판장님, 이의를 신청합니다. 피고 측 변호인은 마치 연예 기획사 전반이 부정한 것처럼 얘기함으로써 좋지 않은 이미지를 심어 주려고 하고 있습니다."

"이미지 작업이 아닌 현실입니다. 관련 증거로 현재 활동 중인 연예인들의 설문 조사지를 제출하겠습니다."

"연예인들의 설문 조사지?"

"그렇습니다."

생각지도 못한 증거, 아니 관련 자료가 나오자 당황하는 청계였다. 설마 진짜로 연예인들이 그런 걸 해 줬을 거라 믿을 수가 없었기 때문이다.

"이 설문지는 사실입니다. 거기에는 각 연예인들의 이름과 소속 그리고 전화번호가 있으니 확인해 보셔도 됩니다. 설문지 내용을 정리해 보자면 데뷔하여 활동하기 전 속한 소속사의 수는 평균적으로 두 개에서 세 개입니다. 또한 연습생 및 신인 시절 소속사에서 활동하던 때에 제대로 된 정산을 받은 횟수는 채 10%가 되지 않으며 훈련이나 기타 목적을 위한 자금이라는 이유로 돈을 달라고 한 연예 기획사도 있다고 했습니다. 보다시피 연예 기획사들에 대한 개인적인 평가란에 현 한국의 대부분의 연예 기획사들은 대부분 사기를 위한 목적으로 만들어졌다고 현재 활동 중인 연예인들의 70% 이상이 써 놨습니다. 이게 무슨 뜻이냐? 일반적인 기업의 기준에서 판단하면 안 된다는 것입니다. 일반적인 기업은 제품을 생산하여 판매하는 것이 목적인 반면에 이러한 연예 기획사들은 사기를 통하여 돈을 받아 내는 것이 목적인 경우가 많다는 뜻입니다."

"하지만 재판장님, 원고 측의 소속사가 사기를 위한 소속사라는 증거는 없습니다."

원고 측 변호사가 일어나서 말을 끊었지만 어차피 저들은 자신이 무슨 말을 하든 방해하려 할 거라는 사실을 잘 아는 노형진은 끝까지 말을 이어 갔다.

"맞습니다. 그런 증거는 없습니다. 재판정이므로 증거로 모든 것을 답해야 합니다. 그러나 이 점만은 확실하게 해야 합니다. 일반적으로 연예 기획사들이 활동하는 연예계는 다른 공장이나 사업 쪽과는 사뭇 다른 사업 환경을 가지고 있다는 사실을 말입니다."

"흠……."

판사는 심각한 얼굴이 되었다. 그리고 노형진은 그걸 보면서 자신의 생각이 먹혔다는 생각을 했다.

'일단 포석은 깔았군.'

일반적으로 판단하면 기업을 편드는 게 생리다. 왜냐하면 애초에 사기를 치려고 사업을 시작하는 사람은 전체적으로 드물기 때문이다.

문제는 일반적인 제조업이나 서비스업이야 그런 게 드물지만 이런 연예 기획사들은 아예 사기를 목적으로 하는 경우가 많다는 것이었다.

그리고 판사는 그걸 알 리가 없다.

'하지만 저걸 가지고 왔으니 심각하게 생각하지 않을 수가 없겠지.'

길바닥에서 아무나 붙잡고 한 여론조사가 아닌 현재 활동 중인 연예인들의 설문 조사이니 마냥 무시할 수는 없는 노릇이다.

"참고 자료로는 인정합니다. 하지만 원고 측과는 하등 관계가 없으므로 증거로는 인정할 수 없습니다."

"알겠습니다."

그러나 일단 판사가 이 연예계는 다른 곳과 좀 다르고 특수하다는 인식을 가지게 되었으니 그 목적은 다했다고 볼 수 있었다.

'젠장.'

방 변호사는 그걸 보고 이를 빠드득 갈았다. 설마 그런 자료를 가지고 나올 줄은 몰랐다.

'역시 한가락 한다는 건가?'

남상주만 해도 자신을 곤란하게 만들던 녀석이다. 그런데 노형진이 달라붙자 진짜로 대책이 보이지 않았다.

"흠……."

팀장이란 작자는 재미있다는 얼굴이 되었다. 생각지도 못한 공격 방식이었기 때문이다.

"재판장님, 그런 자료에 대해서도 인정은 합니다. 하지만 그건 극히 일부의 잘못된 연예 기획사들의 행동입니다. 미꾸라지가 개울물을 흐린다고 했습니다. 원고처럼 선량하게 사업하는 사람들이야말로 그러한 악의적인 소문의 피해자라고 할 수 있습니다. 보다시피 원고는 피고를 데뷔시키기 위해서 막대한 투자를 했고 그 결과가 좋지 못했다는 점은 인정합니다. 그러나 그것이 배신에 대한 변명이 될 수는 없습니다."

그들의 공격에 노형진은 입맛을 다셨다. 역시나 아예 사업 자체를 사기를 위한 방편으로 쓴지라 쉽지 않았다.

"친애하는 재판장님, 세상에는 수많은 사람들이 있고 수많은 기업들이 있습니다. 그들을 단순히 사업에 실패했다는 이유로 사기꾼 취급을 당한다면 경제적으로 어려운 이 나라에서 어떻게 사업해서 경제를 살리겠습니까?"

그 말에 노형진은 기가 막혔다.

'경제가 어렵기는 개뿔.'

미래를 살아 본 노형진에게는 지금이 경제적으로 활황기였다. 몇 년 후 시작되는 경제난은 IMF 수준으로 경제를 망가트려 빈익빈 부익부를 극단적으로 증가시켰다.

막말로 지금은 정부에 연락이라도 하면 굶어 죽지 않지만, 미래에는 정권이 바뀌면서 복지 정책이 후퇴해서 숱하게 굶어 죽는 사람이 나오게 된 것이다.

복지로 먹고살던 사람들을 단순히 돈을 아끼기 위하여 복지 대상에서 잘라 버림으로써 그들을 자살로 몰아붙이는 시기가 얼마 남지도 않은 상황.

'그건 내가 어쩔 수 없다는 게 문제인데.'

하여간 그건 그렇다고 해도 경제 운운하는 걸 보니 짜증이 났다. 이 나라에서는 화이트칼라 범죄, 즉 돈을 횡령하거나 사기 치는 범죄에 대해서는 경제라는 마법의 주문이 있기 때문이다.

마치 마법에 걸린 주문처럼 경제사범들이 경제를 살렸고 앞으로도 살리도록 노력하겠다는 말을 하면 재판부는 최대한 유리하게 편들어 준다.

'그러고 보니 미래에도 그렇지 않았나?'

미래에 자신의 회사 연습생을 강간한 연예 기획사 사장이 한 말은 한류를 위해서 노력한 게 있으니 봐 달라는 것이었을 만큼 한국은 이상하게 돈을 벌어 준다는 말을 한 이들을 봐 주는 경향이 강했다. 노형진은 그런 것이 정말 마음에 들지 않았다.

"재판장님, 경제라는 것은 그저 돈을 버는 것이 아닙니다. 경제란 올바르게 돈을 벌고 바르게 순환시켜야 살아나는 것이지, 어떤 식으로든 돈을 벌면 된다는 것은 올바른 경제 살리기가 아닌 천민자본주의의 표상입니다."

"크흠."

천민이라는 말에 예민하게 반응하는 팀장. 그걸 본 노형진은 그가 자신을 상위 계급이라고 확신하고 있다는 사실을 알 수 있었다.

"더군다나 원고는 피고에게 접근하여 쉽게 연예인이 될 수 있는 것처럼 말하고 이를 대가로 그녀에게 무려 10년이라는 터무니없는 전속 계약을 체결했습니다. 피고의 나이가 스무 살인 점을 감안하면 10년 후에는 실질적으로 가수로서 그 가치가 급감하는 것이 당연합니다. 원고의 입장에서는 일생을 건 기회인 데에 반해 피고는 이를 계약하고 난 후 제대로 지원해 준 적이 없습니다. 답변서에서도 말씀드렸다시피 피고가 원고로부터 레슨받은 기간은 고작 3개월. 그것도 하루 두 시간이 다였습니다. 체력 레슨 역시 전문 트레이너를 붙여 준 것이 아닌 근처에 있는 헬스클럽에 6개월짜리 회원권을 끊어 준 것이 다입니다."

"그건 사실입니다. 그러나 모든 것에는 기본이 있기 마련입니다. 피고는 일반에서 연예인으로 변환되는 시점에 있었으며 가장 시급한 것은 살을 빼는 것이지, 레슨이 아니었습니다. 피고가 일반적으로 보이는 여성에 비하여 매력적이라고 하나, 방송에 나오는 연예인에 비하여 상대적으로 덩치가 컸으며 그때 중요한 것은 다이어트뿐입니다."

'젠장.'

저쪽이 방어를 철저하게 하고 있었기 때문인지 노형진은 짜증이 났다.

'아무래도 이번에는 제대로 작심하고 나온 모양인데?'

하긴, 청계는 몇 번이나 노형진에게 당했다. 그러니 이번에는 단단히 마음먹었을 것이다. 더군다나 이번에는 아예 소송을 감안하고 함정을 판 상황이니 승리할 자신도 있을 테고 말이다.

"원고는 피고에게 접근하여 말하기를, 소속사에 연습실이 있다고 하면서 접근하였고 을제 4호증과 같이 실제로 연습실이 있기는 했습니다. 그러나 그것은 소속사의 연습실이 아닌 임대형의 연습실이었으며 그마저도 3개월이 지나자 임대하지 않아 피고는 연습조차 할 수 없는 상황이 되었습니다."

"법률상 월세로 임대한 연습실이라고 할지라도 회사에서 사용하는 동안에는 회사의 연습실이라고 할 수 있습니다. 더군다나 그 수익이 나빠지면서 제때에 월세를 지급하지 못하여 월세 계약이 해지되었다는 것이 사기의 증거가 되지는 못한다고 생각합니다."

노형진이 뭔가를 공격하면 그쪽은 철저하게 방어하고 있었다. 아무래도 오랫동안 준비했으니 가능한 것이리라.

"곡만 해도 그렇습니다. 피고에게 준 곡의 작사자와 작곡자를 찾아봤더니 현재 실용음악과 2학년에 재학 중인 학생들로 밝혀졌습니다. 졸업생도 아닌 아직도 배움이 끝나지 못한 학생의 곡인지라 여러 가지가 부족하고 표절로 의심되는 부분이 여기저기 발견되었습니다."

"그 부분에서는 인정합니다. 하지만 학교를 졸업하지 못했다는 것이 결코 능력이 없다는 것은 아닙니다. 저기 변호를 하고 있는 노형진 변호사조차 중학교, 고등학교까지 검정고시로 패스하였고 대학을 졸업하지 못했습니다. 그렇지만 지금은 한 명의 변호사로서 당당하게 활동하지 않습니까?"

'젠장!'

자신이 상대방의 방어용 도구가 될 거라고는 생각하지 못한 노형진은 당황했다. 그러나 그의 말이 맞았기에 뭐라고 할 수가 없었다. 표절을 걸고 넘어져 봤자 그건 작사가와 작곡가의 문제이지, 회사의 문제가 아니다.

"결과적으로 원고는 모든 노력을 다했으며 여전히 노력하기 위해서 최선을 다하고 있었습니다. 그러나 피고는 이러한 노력을 무시하고 다른 회사와 전속 계약을 체결하였으니 이는 명백하게 신의성실의 원칙을 위배한 것입니다. 고로 손해배상을 하는 게 맞다고 생각합니다."

"신의성실의 원칙이란 서로가 계약을 유지하기 위해서 최선을 다해야 존재하는 것입니다. 그러나 원고는 초반을 제외하고는 어떠한 지원도 하지 않았으며 계약과 다르게 방송 출연이나 기타 행사를 하기 위한 노력조차도 하지 않은 상황에서 오로지 연습생이라는 이유 하나만으로 무조건적으로 미래를 포기한 채 신의 성실을 요구하는 것은 부당하다고 생각됩니다. 더군다나 원고 측의 주장에 따르면 30억 원에 달하는 손해배상 비용을 청구하고 있는데 아무리 계산해 봐도 윤채미 본인에게 들어간 투자 비용은 채 500만 원이 안 됩니다. 그런 상황에서 30억이라는 것은 터무니없는 요구 사항이라고 생각됩니다."

노형진은 이렇게 사력을 다해서 저들을 공격했지만 미리 준비한 저들의 방어벽은 단단하다 못해 높기까지 했다.

"어떻게 생각해?"

"불리해요, 완전히."

아니나 다를까, 판사는 저쪽 말에 귀를 기울이는 것이 분명했다. 정당성도, 법적으로도 그쪽이 더 유리하기 때문이다. 계약을 위반한 건 윤채미가 맞으니까.

"그 팀장이라는 놈, 뭐예요? 실력이 장난 아니던데."

"아, 그 녀석. 서울중앙지법 부장판사 출신이야."

"판사는 보통 실력이 떨어지지 않아요?"

판사들은 양쪽에서 이야기를 듣고 판단하는 게 업무이기 때문에 한쪽으로 공격하는 변호사들에 비해서 약간 실력이 떨어지는 경향이 있다.

이론에는 강하지만 실전에는 약하달까?

"저 녀석은 아니야. 네가 나타나기 전에는 괴물이라 하면 저 녀석을 가리키는 거였다고."

"끄응……."

"변호사님, 그럼 어떻게 해요? 이대로 30억을 물어 줘야 하는 거예요?"

윤채미는 걱정스럽게 말했다. 노형진은 일단 그녀의 손을 잡고 진정시켰다.

"걱정 마세요. 무효로 못 만들게 된다고 하더라도 손해배상 비용은 최대한 줄일 테니까요."

"네."

그렇게 말하면서 노형진은 속으로 이상하다는 생각을 했다.

'도대체 왜?'

자신 쪽에 증언해 주기로 한 여자 두 명. 그 두 명도 윤채미와 같은 과정으로 당했다고 했다. 그런데 아무리 봐도 15억이라는 손해배상금이 나올 구멍이 없었다.

많아 봐야 1억이나 나올까 말까 한 금액이다. 그런데 15억이라는 손해배상비가 나온 것은 이해할 수가 없는 일이었다.

'그때도 변호사를 샀다고 했는데.'

'도대체 왜 그런 비용이 나온 걸까?'라는 의문. 그리고 그 의문은 얼마 가지 않아서 풀렸다.

"손님이 오셨습니다."

"손님?"

"네."

"오늘 올 사람이 없는데. 누구라고 하던가?"

"그게 남상진이라고."

"남상진?"

익숙한 이름에 노형진이 살짝 놀라는 순간, 어떤 남자가 여직원을 밀고 안으로 다짜고짜 들어왔다.

"아이고, 반갑습니다, 변호사…… 이 새끼."

"여, 반갑네."

들어오던 남상진은 얼굴을 딱딱하게 굳었고 그런 그를 보면서 노형진은 미소를 떠올렸다.

남상진. 소위 말하는 컨설턴트. 말이 컨설턴트지, 쉽게 말해서 브로커였다. 그리고 군대 시절에 있던 악연으로 노형진과 묶여 있었다.

"여, 때깔 좋네."

남상진은 솔직히 놀랐다. 중재를 부탁받기는 했지만 설마 노형진이 상대방이라고 생각하지 않았던 것이다.

'실수다.'

노형진을 그저 그런 변호사로 생각했던 그는 이렇게 짧은 시간 안에 이 정도 자리에까지 올라올 거라 생각하지 않았다. 그렇기에 이야기를 듣고도 동명이인이라고 생각했다.

'이거, 이거, 대충 감이 오는구만.'

김광준의 연전연승. 그리고 상식적으로 말이 안 되는 엄청난 손해배상금. 그걸 알면서도 항소도 하지 않은 변호사.

'저 새끼의 작품이군.'

남상진은 중간에서 다리를 놔 주면서 여러 가지를 조작하는 놈이다. 거기에 법도 포함될 거라고는 생각도 못했지만.

"아는 분이세요?"

"아, 아는 놈이야."

"노옴?"

남상진은 놈이라는 말에 얼굴을 찌푸렸고 여직원은 친구라는 뜻으로 받아들였다. 친구끼리는 친근하게 부르는 게 놈이니 말이다.

"아, 그럼 음료수라도……."

"아니에요. 금방 갈 테니 가지고 오지 마세요. 뭐 하냐? 건물 안 넘어간다. 앉지그래?"

노형진의 말에 의자를 당겨서 앉는 남상진.

"여, 표정이 왜 그따위야? 간만에 봤는데 안 반가워?"

"이 새끼."

"그나저나 어쩐 일이야? 음…… 아…… 말하지 마. 내 초능력을 써 보지. 으으으으…… 읽을 수 있다. 읽을 수 있어……. 으으으…… 그렇군. 김광준 때문에 왔지? 안 그래?"

그건 사이코메트리 능력을 쓰지 않고도 충분히 예상할 수 있었다. 그도 그럴 것이, 그가 활동하는 것 자체가 정치나 재계 쪽 일이라는 뜻이다. 그리고 자신이 담당하고 있는 다른 사건들 중에는 그에 해당될 만한 게 없다.

"알면 좋군. 1억이다."

남상진은 아주 대놓고 말했다. 지난번에 당해 봐서 노형진의 성격을 알기 때문이다.

사건에서 쫓아내기 위해 강제로 예편시키기까지 해서 공

식적인 싸움에서는 이겼지만 개인적인 싸움에서는 졌다. 평생을 승리만 하면서 살아온 그에게 있어서 그건 이루 말할수 없는 모멸감을 느끼게 했다.

"알면 좋다. 그럼 나도 알아서 좋다고 대답할게. 조까."

"너도 불리하다는 걸 알 텐데?"

지난번 변호사도 1억이라는 돈에 눈이 뒤집혀서 자신들과 짜고 패배했다.

"너, 소식 모르냐?"

"소식?"

"나 그 정도 푼돈에 움직이는 남자 아냐."

"푼돈?"

"그래."

노형진이 기를 쓰고 돈을 모으려고 한 이유. 그건 바로 이런 사태 때문이다. 돈이 있어야 자유로울 수 있는 것이 대한민국이다.

아무리 변호사라 해도 하루하루 먹고살기 힘들다면 돈의 유혹에 흔들릴 수밖에 없다.

'그래서 내가 변호사들의 최저임금을 보장하는 거지.'

새론 특유의 정책. 바로 사건이 종결되지 않아도 무조건 월 200만 원은 준다는 것이다.

어려운 사건은 아무래도 길어지기 마련인데, 그렇게 되면 사건이 종결될 때까지는 수임료가 들어오지 않는다.

이런 경우 200만 원을 지급하는 규정을 만들어 달라고 요청했다. 이 시대에 200만 원은 큰돈이기에 변호사들은 평소에 수익의 일부를 내는 것을 아까워하지 않았다. 지금 내는 일부가 나중에 자신이 맡은 사건이 없을 때 보험처럼 크게 돌아온다는 걸 알기 때문이다.

"그래서 질 싸움에 몸을 들이밀겠다?"

"승패는 아직 결정되지 않은 거 아닌가?"

"웃기는군."

남상진은 더 이상 말하지 않고 자리에서 일어났다. 노형진이 더는 자신의 말을 들어 주지 않을 거라는 사실을 알고 있는 남상진은 더 이상 말하지 않고 자리에서 일어났다.

"멀리 안 나가. 잘 가라."

"그런 식으로 살다가는 후회할 거다."

그 말에 노형진은 피식 웃었다.

"인간이 후회가 없으면 그건 그 인생을 헛산 거야."

"뭐?"

"인간이 후회가 없다는 건 그 선택이 언제나 옳았다는 걸 뜻하는 건데 그럴 수는 없거든. 아니라면 뭐, 그 녀석이 생각 없이 삶을 살았다는 뜻이 되겠지? 후회가 없는 삶은 앞으로 가지도 못해. 너나 그런 후회 없는 삶을 열심히 살도록 해."

"너 이 자식."

남상진은 그를 노려보다가 고개를 돌렸다. 어차피 이번 사건은 자신이 이기도록 되어 있었기 때문이다.

"어?"

그가 나오자 주스를 들고 오던 여직원은 깜짝 놀랐다.

"뭐 하러 들고 와요. 알아서 먹는다니까."

"그래도……."

새로 온 여직원인지라 개인적인 손님은 알아서 접대한다는 새론의 규칙이 좀 어색했던 모양이다.

"가지고 온 거 아까우니까 한 잔씩 들이킵시다. 캬, 좋네."

쟁반 위에 있는 주스를 받아서 쭈욱 들이키는 노형진.

"그나저나 이렇게 보내도 되는 건가요? 저분……."

"아, 걱정하지 마세요. 저 인간은 제 인생에 도움이 될 일 없는 인간이니까."

"네?"

"그런 거 있습니다. 뭐 해요, 안 마시고?"

"네? 아, 네."

엉겁결에 자신이 가지고 온 주스를 쭈욱 마시는 여직원.

"다음부터는 가지고 오지 마요. 우리 회사에서는 해당 변호사가 자신의 손님을 접대하는 게 규칙입니다. 그래서 변호사의 방마다 작은 냉장고 하나씩 있는 거구요."

"네."

어떤 회사들은 여직원을 접대부나 심부름센터 직원으로 생각하지만 노형진의 경험상 일은 흐름이 중요하다. 여직원이 열심히 일하고 있는데 누가 왔다고 할 때마다 부른다면 일이 진행되지 않을 것이다.

다만 의뢰는 정식으로 돈을 받고 하는 것이니 변호사가 음료를 준비하는 시간까지 아낄 수 있게 직원들이 준비하지만 말이다.

'그나저나 도대체 저 녀석이 왜 낀 거야?'

대충 상황은 이해가 간다. 그 녀석은 전문적으로 중개해 주는 브로커다. 그리고 이런 사건은 아무래도 접대받은 인간들이 가해자들을 보호해 주는 것이 정상.

'쉽지는 않겠군.'

자신이 생각한 것이 맞는다면 아무래도 판사에게 로비가 들어간 것은 당연한 일이다. 그렇지 않다면 생긴 지 얼마 안된 회사에 둘 다 무명인 상태에서 무려 15억이나 손해배상이 발생할 수는 없다.

'확실히 알아봐야겠어.'

⚖️

"우연은 아니군요."

고문학은 기록을 보면서 고개를 흔들었다.

"그때와 같습니다. 같은 사건, 같은 증인, 같은 판사. 거기에다 사건의 재배당이 이루어졌습니다."

노형진은 남상진을 만나고 난 후 사건 전반에 대해 철저하게 검증하기 시작했다. 그리고 새로운 사실을 알게 되었다. 그동안 증인으로 나오기로 한 두 명의 사건을 담당한 재판관과 지금의 재판관이 동일한 인물이며, 애초에 다른 재판부에 배정되었다가 나중에 다시 지금의 재판관으로 배정되었다는 사실을 말이다.

"이런 게 가능한가요?"

"어렵지는 않죠."

대부분의 계약서에는 소송에 대비해서 어느 곳을 소송의 장소로 지정한다는 지문이 들어가 있다. 그리고 보통 그런 소송은 당연히 회사의 입장에서 출석이 쉽거나 평소에 관리하는 그런 법원에 넣기 마련이다.

"어차피 판사에게 하나하나 설명하면서 이긴다는 개념으로 접근하는 거 아닌가요?"

누군가의 질문. 신입 변호사다 보니 그 미묘한 차이를 모르는 것 같았다.

"다릅니다. 그건 판사가 해당 문제에 대해서 전혀 모른다는 걸 가정하고 접근하는 겁니다. 아무리 판사가 법에 대해서 잘 안다고 해도 결코 모든 사회 문제에 통달하지는 않으니까요. 하지만 이건 기본적으로 판사의 이권과 정면으로 충돌합니다."

"그럼?"

"판사가 우리에게 적대적으로 나올 수밖에 없죠."

"설마요. 고작 돈 얼마 받았다고."

"돈의 문제가 아닙니다. 이 판사는 김광준과 더불어 소송하면서 벌써 두 번이나 그에게 유리한 판결을 내렸습니다. 그런데 이번 재판에서 그걸 뒤집는다면 기존에 했던 두 번의 재판이 잘못되었다는 걸 인정하는 꼴이 됩니다."

그 말에 송정한 변호사 역시 고개를 끄덕거렸다.

"세상이 보수적이라고 하지만 가장 보수적인 건 법조계야. 특히나 자기 잘못을 인정하는 것에 대해서는 거의 말이 안 통하지."

'그렇지.'

판사도 사람이니 실수할 수 있다. 그러니 잘못했다면 그걸 인정하고 피해자에게 배상해 준 뒤 다시는 그렇게 하지 않도록 해야 하지만, 대한민국의 법조계는 실수 자체를 인정하지 않으려는 경향이 강하다.

"그럼……."

"이대로는 필패합니다."

"끄응……."

"다음 재판 때까지 어떻게 해서든 방법을 만들어야 하네."

"기피 신청을 하는 건 어떨까요?"

"기피 신청을 해 봐야 의미가 없을 것 같군요."

기피 신청이란 어떤 사건에 대한 재판을 할 때 특정 판사를 피하게 해 달라고 요청하는 것인데, 실제적으로 거의 의미가 없다. 법적인 목적은 특정 범죄에 대해서 일종의 선입견이 있는 판사를 피하게 하기 위해서다. 가령 가족 중에 강간 피해자가 있는 판사라면 아무래도 강간 사건에 대해서 강한 처벌을 하기 마련이니까.

문제는 그게 실질적으로 의미가 없다는 것이다.

"기피 신청을 해 봐야 그 나물에 그 밥입니다."

기피 신청을 해 봐야 그 판사가 새로 지명된 판사에게 부탁하면 그만인 데다 판사들끼리 회의해서 결정해야 하는데 규정상 기피 대상인 그 판사가 그 회의의 주체로 참석해 버린다.

쉽게 말해서 장물아비에게 장물아비의 처벌 규정을 물어보는 꼴이다.

"기피 신청이 거의 안 받아들여지는 건 아시지 않습니까?"

"그건 그렇지요."

"그럼 어떻게 해야 하나……."

생각지도 못한 상황에 다들 얼굴을 찌푸렸다.

"우리가 기피 신청을 하는 게 아니라 위에서 바꾸게 해야합니다."

어차피 계약서상의 내용 때문에 재판을 하는 법원을 바꾸지는 못한다. 그렇다면 강제로라도 바꿔야 한다.

"방법이 없는 건 아닌데."

"아니라고? 그럼 당연히 해야지."

"하지만 돈이 많이 들 겁니다. 아마 우리가 받기로 한 소송비보다 더 들걸요?"

"그래도 상관없어. 어떤 때는 이기는 게 중요한 것 아니겠어?"

그 말에 송정한의 눈이 커졌다. 당장 돈이 더 들어가는 게 문제가 아니다. 결과적으로 회사에 적자가 될지도 모르지만 이런 건 그냥 두면 한국의 사법 체계는 점점 썩어 문드러질 뿐이다.

"송 변호사님."

"응?"

"그럼 법인 카드 좀 빌려주십시오."

"법인 카드?"

화려한 건물. 그 앞에 붙어 있는 웨이터들.

'내가 별짓을 다 한다, 진짜.'

노형진은 한숨을 쉬면서 주머니 속의 카드를 만지작거렸다. 송정한에게 이야기해서 받아 온 법인 카드. 이로써 사건 최초로 적자가 확정되었지만 승리를 위해서는 어쩔 수가 없다.

"어서 오십시오."

다가가자 고개를 90도로 숙이면서 인사하는 한 남자. 웨이터다.

"VIP 룸."

"황제 코스로 모실깝쇼?"

"네."

"7번. 7번 방에 한 분. 황제입니다."

무전기로 넘어가는 정보.

잠시 후 다른 웨이터가 그를 넓은 방으로 안내했고 그 안에 들어간 노형진은 넥타이를 풀었다.

"여기일 것 같은데."

붉은 사과라 불리는 이 룸살롱은 고급 룸살롱이다. 그런데 다른 곳과 다른 점은 14층짜리 룸살롱이 7층은 룸살롱이고 7층은 모텔이라는 거다. 대놓고 성매매를 하는 곳이란 뜻이다. 그럼에도 불구하고 지속적으로 영업을 한다는 건 한 가지 이유 때문이다.

'관리를 한다는 뜻이지.'

이러한 술집들은 관리 등급이 있다. 하나의 층을 쓰는 룸살롱 같은 경우는 보통 경찰에게 관리를 부탁한다. 사전에 단속 정보가 뜨면 재빨리 가게를 닫기 위해서다.

하지만 이런 대형 건물은 그것만으로는 부족하다. 당연히 더 위쪽, 그러니까 검찰 이상, 최소한 법조계 상층부 쪽에 손댄다는 뜻이다.

'예나 지금이나, 쯧.'

화려하다 못해서 웅장하기까지 한 VIP 룸. 상층부가 접대하게 된다면 당연히 이곳이다. 노형진은 이곳에서 재판부를 잡고 흔들 정보를 찾기 위해서 온 것이다.

"초이스하겠습니다."

문이 열리면서 들어오는 여자들.

초이스란 술집에서 끼고 놀 여자를 고르는 걸 뜻한다. 말 그대로 선택. 그리고 황제 코스는 두 명을 고른다.

'에고, 아까워라.'

물론 황제 코스가 아니면 돈은 덜 들지만 문제는 판사들이 들어올 만한 VIP 룸은 황제 코스가 아니면 주지도 않는다는 것이다.

"3번, 9번."

"알겠습니다. 결제는……."

노형진은 실장에게 카드를 건넸다.

"두 타임 끊고, 위에는 안 올라간다."

"두 타임요?"

"그래."

"네."

한 타임은 보통 아래서 한 시간 십 분, 위에서 오십 분이 기준이다. 즉, 한 타임에 두 시간. 그런데 그걸 두 타임으로 하면 네 시간이다. 그 정도 시간이면 여기서 사이코메트리를 하기에 충분한 시간.

"안녕하세요."

안으로 들어오는 여자들. 그걸 보면서 노형진은 왠지 입안이 씁쓸해졌다.

'이 여자들도 어떤 사연이 있겠지.'

자신이 만난 증인처럼 이 여자들도 어떤 사연으로 여기까지 굴러왔을 것이다. 그리고 나가지 못하고 그저 허덕이고 있을 것이다.

까드득.

노형진은 미리 준비해 간 숙취 해소 음료를 따 줬다.

"마셔요."

"네?"

두 여자는 당황한 얼굴이 되었다. 술집 여자로 살아오면서 선물로 숙취 해소 음료를 주는 사람은 처음 봤기 때문이다.

"마시고 좀 쉬어요."

"쉬라니요?"

"얼굴에 피곤이 가득하잖아요."

그럴 수밖에 없다. 밤새도록 술을 마시고 취객을 상대하는데 아닐 리가 없다. 그 피로는 낮에 잔다고 해도 쉽게 풀리지 않는 법이다.

"자라고요?"

"네."

"농담이시죠?"

"농담 아닙니다."

"저쪽 건너편에 앉아서 잠이나 자요."

"……?"

어이없는 상황에 두 사람은 말을 못했다.

"저기, 놀러 오신 거 아닌가요?"

"아닙니다. 안 잘 거면 뭘 하든 가만히만 있어요."

"헐."

두 여자는 서로 눈치를 보다가 건너편으로 가서 자리를 잡고 앉았다. 어찌 되었건 계산한 이상 앞으로 네 시간 동안은 시키는 대로 해야 한다.

"진짜로 자도 됩니까?"

"자라니까요."

어려 보이는 여자가 묻더니 아예 대놓고 누워서 자리를 잡았다. 물론…….

'웁스.'

순간 노형진은 가슴이 벌렁벌렁 뛰었다. 여자들이 입고 있는 옷은 속칭 '홀복'이라고 하는 야시시하고 짧은 옷이었기 때문이다. 당연히 그 상태로 누워 버리니 보이기 민망한 속옷까지 보일 수밖에.

"풋."

나이가 좀 더 있는 여자는 그걸 보고 웃었다. 살다 살다 아가씨의 속옷을 보고 얼굴이 홍당무가 되어서 고개를 돌리는 손님은 처음 봤던 것이다.

이것이 법이다

'젠장, 옛날에는 그래도 잘 놀았는데.'

회귀 전의 그는 다른 변호사들과 함께 이런 곳에서 잘 놀았다. 아니, 그가 주도적으로 노는 타입이었다.

하지만 우연한 기회에 이런 곳에 있던 여자의 사건을 담당하게 되었고, 그 후 그 사람들이 그저 성욕의 대상이 아닌 한 사람의 인간으로 느끼게 되면서 깨끗하게 손을 털었다. 노는 거야 순간이지만 그것 때문에 인간을 모욕할 수는 없었다.

"참 이상한 분이네요."

"네?"

"아니, 별별 손님들을 다 만나 봤지만 손님 같은 분은 처음 봤어요."

"하하하하."

"뭐, 자라고 하니 잘게요. 특별히 자는 사이에 덮쳐도 봐드립니다."

농담 같지도 않은 농담을 하면서 잠드는 여자. 하루하루가 피곤한 일상에서 이런 기회가 흔한 건 아니니 말이다.

그렇게 두 여자가 잠들자 노형진은 천천히 기억을 더듬기 시작했다.

'어디 보자…….'

천천히 하나씩 기억을 더듬는 노형진. 그러나 그걸 더듬을 때마다 속에서는 구역질이 나는 기분이었다.

'미친놈들.'

그저 술 먹고 노래 부르면서 노는 사람들은 진짜 정상이다. 하지만 세상에 인간이 많다 보니 별별 변태들이 다 있었다.

'더 이상은 무리인데.'

가장 먼저 테이블의 기억을 읽던 노형진은 고개를 흔들었다. 너무 많은 인간이 왔다 간 탓에 기억들이 혼탁해져서 영 흐릿했다.

"모든 기억들이 다 저장되는 건 아닌 모양이네."

하긴 그동안 읽었던 기억들이 모두 다 뚜렷한 건 아니었다. 시간의 문제라기보다는 얼마나 많은 사람과 접촉하는지가 관건인 것 같았다.

"꽝인가."

가능성이 제일 높다는 생각을 했는데 의외로 실패하자 노형진은 약간은 당황했다. 그러다가 자신의 실수를 깨달았다.

"아…… 내가 왜 그 생각을 못했지?"

테이블에서 기억을 읽는 사람들은 대부분 종업원일 수밖에 없다. 황제 코스라는 게 애초에 여자 두 명이 붙어서 술부터 안주까지 다 먹여 주는 것이니 신체적으로 손님이 닿을 일은 별로 없기 때문이다.

"그렇다면……."

들어오는 순간 가장 먼저 눈에 띄는 자리. 그 자리가 보통 룸살롱에서는 상석이라고 한다. 노형진은 그 자리에서 천천히 기억을 읽기 시작했다. 그리고 그의 입에서는 미소가 떠올랐다.

⚖

"이래도 됩니까?"

"됩니다."

고문학은 걱정스러운 얼굴이 되었다.

"불법은 아니잖습니까?"

"그건 그렇지만……."

그들의 손에 들린 한 장의 편지. 그건 핵폭탄이라고 할 만한 물건이었다. 그리고 이걸 만들기 위해서 한 사람을 고용했다. 범죄자들 중에는 많은 전문가들이 있기 마련이다.

그리고 그중에서 한 명.

소위 말하는 필적 전문가. 다시 말해서 글자 위조 전문가를 한 명 고용한 그는 그 안에서 본 내용을 편지로 쓰도록 했다.

"하지만…… 이건 문제가 정말 커질 겁니다."

"압니다. 그게 목적입니다."

자신들이 이걸 신고해 봐야 증거가 없다. 설사 있다고 하더라도 법원 내부의 비리를 고발한 변호사가 되면 법조계 특성상 판사들이 좋은 판결을 내줄 리가 없다. 끼리끼리 뭉친다는 말이 그냥 생긴 말은 아닌 것이다.

결과적으로 그들을 제압하기 위해서는 공식적인 방법이

아닌 다른 방법으로 움직여야 한다.

"고 과장님도 상황이 어떤지는 알지 않습니까?"

"그거야 그렇지요."

아무리 제보하고 신고해 봐야 중간에 차단당할 게 뻔하다.

"적을 이기기 위해서는 내부에 분란을 일으키는 것이 최선입니다."

"으음…… 그거야 그렇지만……."

"이거 말고 다른 방법 있습니까?"

"없죠…… 솔직히……."

고문학은 고개를 끄덕거리면서 편지 봉투를 받았다.

"법원에 피바람이 한번 불겠네요."

"그럴 겁니다, 후후후. 그리고 그건 우리에게는 유리한 바람이죠."

법원이란 조직은 무척이나 굳어 있는 조직이다. 끼리끼리 뭉쳐서 자신들의 이권을 지킨다.

법원에서 가장 큰 범죄는 뭘까? 잘못된 판결?

아니다. 그럼 뇌물?

아니다. 법원 내부에서 가장 용서받지 못할 일은 내부 고발. 흔히 말하는 투서라는 것이다.

투서란 익명으로 정보를 제공해서 특정 상대방을 날려 버리는 행위다. 그리고 그런 행위는 법원 내부의 결속력을 해치는 것이기 때문에 차라리 범죄자보다도 못한 대우를 받는다.

그리고 지금.

부장판사는 길길이 날뛰고 있었다.

"어떤 새끼야!"

얼마 전 벌어진 투서 사건.

경찰과 검찰 그리고 방송국으로 날아온 세 통의 편지.

검찰과 경찰에 날아간 투서는 어떻게 해서든 막을 수 있었지만 방송국으로 날아간 투서는 막을 수가 없었다.

"젠장."

투서의 내용은 치밀했다. 누가 얼마를 얼마만큼 언제 어디서 받았는지 정확하게 나와 있었던 것이다. 대충, 설렁설렁 그런 것 같다는 것도 아니고 장소부터 금액, 날짜, 심지어 계좌 번호와 숨겨 둔 방법까지 모조리 까발린 덕분에 경찰과 검찰은 수사하지 않을 수가 없었다.

처음에는 대충 수사하다가 덮으려고 했지만 워낙 확실하게 증거가 나온 터라 그걸 미처 감출 시간이 없었기에 재판부는 발칵 뒤집힌 상태였다.

"어떤 새끼야? 찾았어?"

당연히 법원에서는 투서, 즉 내부 고발을 한 사람을 미친 듯이 찾기 시작했다. 그리고 가장 가능성이 높은 사람이 그들의 레이더에 걸렸다.

"부장판사님, 제3재판부의 곽 판사 아닙니까?"

"그 녀석?"

"네, 그 판사의 동기들 중에서 안 걸린 사람이 없는데 그 녀석의 이름만 쏙 빠져 있습니다."

"으음⋯⋯."

그 말을 듣기 시작하자 걷잡을 수 없이 퍼지는 의심. 수많은 판사들이 걸려들었는데 그만 쏙 빠진 것이다.

"심지어 곽 판사의 바로 전 기수들도 모두 걸렸습니다."

"설마⋯⋯."

"쿠데타를 일으키려는 것 같습니다."

"쿠데타?"

여기서 말하는 쿠데타란 진짜 전쟁이 아닌 아랫사람이 윗사람을 날려 버리고 그의 자리를 차지하는 행동을 말한다. 아무리 봐도 신고 내역에서 곽 판사의 이름만 쏙 빠져 있는 것을 보면 그가 내부 고발자인 것 같았다.

"이런 미친 새끼 같으니라고."

부장판사는 기가 막혔다. 안 그래도 그 녀석이 자기 자리를 노리고 있다는 사실을 알고 있었다.

"그리고 이거, 아무리 봐도 그 녀석의 글씨체 아닙니까?"

"그건 그래."

노형진이 비싼 돈을 줘 가면서 글씨 위조범을 고용한 데에는 다 이유가 있었다. 이렇게 투서를 자필로 작성해서 던져 버리면 알아볼 사람은 알아본다.

물론 이건 불법이 아니다.

기존에 있던 문서를 위조하거나 법적인 효력이 있는 문서를 위조하는 것이 아니기 때문에 위조 범죄에 해당하지도 않는다. 물론 그걸 알게 된 재판부는 다르게 받아들이겠지만.

"야, 곽 판사 불러!"

다짜고짜 그를 불러들이는 부장판사. 잠시 후 곽 판사는 어리둥절한 얼굴로 그에게 불려 왔다.

"너 이 새끼, 뻔뻔하구나."

"네?"

"네가 미쳤구나? 감히 투서를 해?"

"무슨 말씀이십니까?"

"너 미쳤구나, 진짜로. 감히 투서를 하고 모르는 척하다니."

"전 모르는 일입니다."

"몰라, 진짜?"

다짜고짜 복사된 종이를 들이미는 부장판사.

"이렇게 네놈의 글씨가 있는데 모른다? 하! 그리고 여기 있는 내용. 이거, 어떻게 알았어? 네가 감히 내 뒤를 캐고 다녀?"

"모…… 모릅니다. 진짜로 모르는 일이에요!"

곽 판사는 억울했다. 자신은 투서 비슷한 것도 보낸 적이 없었다.

"이 새끼가! 발뺌하려면 확실하게 하든가."

자기 이름만 쏙 빠진 투서를 자기 글씨로 보낸 상태에서 누가 믿는단 말인가? 물론 곽 판사는 억울했다.

"진짜로 모르는 일입니다. 이건 모함입니다!"

"모함? 개소리하지 마, 새꺄!"

다른 것도 아닌 자신들에 대한 정보다. 외부에서 알 수 있는 정보가 아닌 것이다.

"너 이 새끼, 뒈질 줄 알아."

부장판사의 말에 곽 판사의 얼굴이 새파랗게 질렸다.

"진짜 머리가 좋군요."

갑자기 판사가 바뀌는 경우는 흔하지 않다. 그러나 갑자기 판사가 바뀌었다.

"도대체 왜 직접 신고하지 않은 거예요?"

민시아는 고개를 갸웃했다. 어디서 정보를 얻었는지 모르지만 그런 정보가 있다면 투서가 아니라 직접 신고해도 되는 것이 아닌가?

"하지만 그러면 우리가 불리해집니다."

"불리해진다니요?"

"일단 정보가 있지만 증거는 없죠."

그렇게 되면 분명 증거 불충분으로 풀려날 것이다. 도리어 자신들이 고발했다는 이유로 재판상의 불이익을 받을 게 뻔하다.

"그러니 우리가 전면에 나서면 안 되는 상황이었습니다.

현실이야 어떻든 간에 실질적으로 현직 판사를 고발한다는 건 추후 재판에서 불이익을 당할 수밖에 없는 행동이니까요."

"아!"

그렇게 되면 이 재판뿐만 아니라 다른 재판들까지도 영향을 받게 된다.

"그러면 우리는 둘째 치고 우리에게 재판을 맡기는 사람들이 힘들어집니다. 그리고 설사 그렇지 않다 해도 과연 그들이 제대로 처벌을 받을까요?"

"음……."

잠시 고민하던 무태식은 고개를 흔들었다. 자신이 봐 온 법률계의 모습에 따르면 결코 그럴 리 없었다.

"맞습니다. 기껏해야 가벼운 견책이나 경고로 끝날 겁니다."

"그래서 투서로?"

"네."

법원에서 가장 싫어하는 것이 바로 내부 고발자다. 더군다나 증거가 있을 만한 내부 고발자와 라이벌 자리에 있는 사람은 더욱 싫어한다.

"어찌 되었건 내부 고발자로 경계당하게 된다면 그는 운신의 폭이 좁아집니다. 그리고 아무래도 보복전이 들어오겠지요."

아니나 다를까, 갑자기 법원 감찰부에서 곽 판사에 대한 감사를 시작했고 그 때문에 곽 판사는 현재 재판 중인 사건에서 모조리 손을 떼야만 했다.

"이렇게 되면 곽 판사는 운신도 못할 뿐만 아니라 다른 사람에게 사건에 대한 부탁도 하기 힘들어집니다. 배신자로 찍혀 있는 상황에서 누군가에게 재판에 대한 청탁을 하게 되면 감찰부에 그 말이 넘어가게 될 가능성이 높으니까요."

"헐."

무태식은 생각도 못했다는 듯 입을 쩍 벌렸다. 그냥 감찰부에 알리거나 신고하는 것만 생각했지, 익명으로 투서를 날린다는 생각은 하지 못했기 때문이다.

"그런데 나중에 걸리지 않을까요?"

"걸린다 해도 누가 했는지 알 길이 없습니다."

익명인 데에는 다 이유가 있다. 더군다나 필적마저 동일하게 위조 전문가가 했으니 의심할 이유도 없다.

"하여간 곽 판사는 이 사건에서 일단 손을 뗄 수밖에 없을 겁니다."

"그렇군요."

당장 자신이 감사의 대상인 상황에서 섣불리 움직일 수 있을 리가 없다.

"그리고 우리에게도 재판이 유리하게 되겠지요."

"어째서요?"

"감사 중이니까요."

보복성 감사라는 것은 단순히 이 인간이 깨끗한 녀석인지 확인하는 게 아니다. 만에 하나 깨끗한 녀석이라면 먼지를 만들어 내는 것이 보복성 감사다.

"아마 조만간 그 녀석이 그동안 했던 추악한 비밀들이 드러날 겁니다."

"설마?"

"네, 김광준과 짜고 재판을 한 것도 드러나겠지요."

그러면 김광준에 대한 신빙성이 무척이나 떨어진다는 것이 밝혀질 것이다.

"그리고 법적으로 우리를 도와주는 두 명의 증인 겸 피해자들도 재심을 청구할 수 있게 됩니다. 판사가 뇌물을 받고 엉뚱한 판결을 내렸으니까요."

"아…… 증인들."

그들은 지금의 사건에만 집중했지, 증인들에 대해서는 생각하지 못했다.

"넓게 봐야 합니다. 지금이야 증인이지만 이걸 아는 순간 과연 재심을 다른 사람한테 맡길까요?"

그럴 리 없다. 이렇게까지 자신들에게 기회를 만들어 준 것은 노형진과 새론이다. 그렇다면 그녀들은 새론에 재판을 맡길 수밖에 없다.

"노 변호사 말이야."

송정한은 자신도 모르게 혀를 내둘렀다.

"일거리를 만드는 자석이라도 몸에 달고 다니나?"

"무슨 말씀이세요?"

"아니, 다른 사람들은 일이 오기를 기다리는데, 본인은 사방에서 일을 만들어 오기에 하는 말이야."

그 말에 노형진은 피식 웃었다.

"그렇게 노력하는 것뿐입니다. 원래 재판이라는 게 없을 수는 없지 않습니까?"

"그렇기는 하지."

잘 몰라서, 어려워서 손해를 감수하는 것이 사람들이다. 그리고 범죄자들은 그런 것을 노리기 마련이다.

"아무리 작은 사건이라 해도 누군가에게는 죽을 만큼 억울한 겁니다. 그걸 풀어 주겠다고 생각하기만 하면 사건은 자연스럽게 몰려옵니다."

"음……."

노형진의 말에 다들 고개를 끄덕거렸다. 지금 새론에 몰려오는 대부분의 사건들은 아주 크고 무겁고 한 방에 큰돈이 되는 사건들이 아니다. 하지만 하나하나가 억울한 마음에 도움을 요청하는 소중한 사건들이다.

"그나저나 다음 재판은 좀 기다려야겠네요."

판사가 제대로 수사받고 있으니 법원 내부가 시끄러울 것이다. 그러니 당분간은 새로운 판사가 배정되지 않을 가능성이 있다.

"일단 기다려 봐야겠네."

"다음 재판을 기대해도 되겠군요."

　새롭게 재판부가 결정되고 난 후 노형진이 재판정에 갔을 때 김광준과 청계 쪽 변호인의 얼굴에는 당혹감이 가득했다.

　'그렇겠지.'

　자신들이 손댄 판사가 감사받고 있는 상황에서 재판을 계속하는 것은 유리할 게 없으니까.

　'새로운 판사에게 주고 싶어도 그럴 수가 없겠지.'

　더군다나 감사의 대상은 곽 판사뿐만이 아니다. 어찌 되었건 투서 형태로 내부 고발이 잔뜩 들어갔으니 판사들은 몸을 사릴 테고, 다른 판사들에게 공을 들이기에는 시간도 없고 위험도도 높다.

　'그나저나 그 팀장이라는 녀석이 없군.'

갑자기 팀장이라고 불리는 변호사가 사라졌다는 사실에 노형진은 잠깐 고개를 갸웃했다. 하지만 왜 사라진 건지 이해하는 데에는 얼마 걸리지 않았다.

'발을 뺀 거로군.'

재수 없으면 진다. 그렇게 된다면 자신의 승률이 떨어질 게 뻔하다. 그러니 재빨리 발을 뺀 것이다.

'기가 막히는군.'

변호사란 승률이 아니라 얼마나 잘 싸우느냐가 중요하다. 그런데 자신의 승률을 지키기 위해서 변호를 포기한다니. 노형진이 봤을 때는 완전한 업무 방임이었다.

"재판 시작하겠습니다."

그사이 새로 배당된 판사는 재판을 시작했고 청계 측 변호사인 방상문은 애써 일어나서 변론을 시작했다.

"……합법적인 사업가로…….."

그는 애써 최대한 방어하려고 했다. 하지만 단 한 번의 투서가 사건을 뒤흔들어 놓은 덕분에 쉽지 않았다.

"재판장님, 원고 측 변호사는 기존 판사가 인정한 증거에 기초하여 방어하고 있습니다. 그러나 현재 해당 판사는 뇌물 수수 혐의로 수사받고 있는 상황이고 더군다나 원고 측 역시 그 수사 대상 중 한 명이라고 들었습니다. 그러므로 접수된 증거에 대한 철저한 재검증이 필요하다고 생각됩니다."

"음…… 인정합니다."

노형진의 말에 새로운 재판부는 고개를 끄덕거렸다. 뇌물수수 혐의로 수사받는 판사가 선정한 증거로 재판해 봐야 의미가 없다. 도리어 자신 역시 감사 대상이 될 뿐이다.

"큭."

방상문은 움찔했다. 아예 증거 자체를 공격당하니 피해가 이만저만이 아니었다.

노형진이 말했다.

"기존에 제출한 계약서 내부에 보면 상당히 모호한 문구가 보입니다. 가령 피고, 아니 피고인 을에 대한 투자에 대하여, 갑은 을에 대하여 데뷔에 필요한 것을 지원해 준다고만 표시되어 있지, 얼마나 투자하는지, 또 걸리는 시간이 얼마인지 그리고 그 훈련 내역이 어떤 건지에 대해서는 전혀 언급되지 않았습니다. 배상금 역시 30억으로 명시되어 있는데 일반적인 손해배상이란 그 행위로 인하여 발생하는 피해에 대해 배상하는 것이 일반적입니다. 어떠한 사유든 간에 그 책임을 다하지 않았다는 이유로 무조건적인 액수의 배상을 요구하는 건 일반적 계약이라 할 수 없으니 실질적으로 사람의 인신을 구속하는 일종의 노예 계약이라 할 수 있습니다."

"재판장님, 노예 계약이라니요. 그건 잘못된 표현입니다."

"전속 기간이 10년으로 되어 있습니다. 이 기간 역시 명확하지 않은데, 앞뒤 없이 그저 10년이라고만 되어 있을 뿐입니다. 이것이 데뷔 후의 10년인지, 아니면 연습생이 된 후의

10년인지 알 수가 없다는 점에서 계약이 명확하지 않아 불공정하게 이루어졌다고 보입니다. 또한 갑의 책임에 관해서도 무려 네 쪽에 달하는 계약서 문구를 확인해도 갑은 을의 데뷔를 위해서 최대한의 지원을 아끼지 않는다는 말만 존재할 뿐, 나머지 계약 내용의 대부분은 을이 갑에게 해 줘야 하는 것만을 규정하고 있습니다."

지난번 판사는 계약서에 사인한 이상, 절대적인 위력을 발휘한다면서 인정하려고 하지 않았던 일이다. 하지만 일반적인 법률상 그건 말도 안 되는 일이다. 애초에 부당하게 만들어진 계약서라고 한다면 존재 가치의 의미가 없는 것이다.

"공동의 계약 관계로서 원고는 피고의 데뷔에 관하여 최선을 다한다고만 되어 있지, 만일 갑의 실수로 데뷔가 늦어지거나 그 책임을 다하지 않는다면 을에게 어떤 배상을 해 준다는 내용이 어디에도 없습니다."

방상문은 그 말에 재빨리 반박했다.

"투자자로서 데뷔 실패까지 책임지는 것은 사업의 안전성에 적합하지 않습니다."

"당사자들 간의 공정한 약속을 계약이라고 하지, 공정하지 않은 약속은 계약이 아닌 노예 계약이라고 합니다. 원고 측은 돈을 투자했다고 하지만 피고 측 역시 젊음을 투자하는 것을 약속한 것입니다. 하지만 원고 측은 어떠한 책임도 하지 아니한 채로 을의 손해배상 규정만을 주장하고 있습니다."

"아닙니다!"

김광준은 일어나서 버럭 소리를 질렀다. 생각지도 못한 사태가 벌어지자 다급해지기 시작했다는 증거였다. 하긴 자신이 뇌물을 주면서 공을 들인 판사가 갑자기 날아갈 거라고 예상이나 했겠는가?

"그럼 원고 측은 노력했습니까?"

"그게…… 사무실도 빌렸고…… 그리고 또…… 연습실도 빌렸고……."

"기록에 따르면 사무실은 깔세, 즉 보증금 없이 빌리는 것으로, 고작 4개월을 빌렸습니다. 한 달에 30만 원입니다. 연습실의 경우도 한 달에 20만 원으로, 고작 4개월을 빌렸을 뿐입니다. 현재 원고 측은 사무실도 없는 상황입니다. 안 그렇습니까?"

"……."

맞는 말이다. 아직 회사가 존재하기는 하지만 사무실은 존재하지 않는다.

"이 계약이 존속된다면 피고의 연예 활동을 제대로 지원해 줄 수나 있습니까?"

"그렇습니다."

"돈이 없다면서요? 당장 제대로 된 차량 하나 없는 회사에서 어떤 식으로 지원해 준다는 건가요?"

노형진의 날카로운 질문에 김광준은 순간 할 말을 잊어버렸다. 당연히 해 줄 수 있는 게 없다. 있다고 한들 제대로 해 줄 리가 없도 말이다.

"크흠……"

방상문은 자신들이 몰리는 듯하자 재빨리 말을 바꿨다.

"당장의 재정적 사태가 모든 계약의 해지 조건이 될 수는 없다고 생각합니다. 도리어 피고는 이런 사태가 벌어지기 전부터 불성실한 태도로 일관하면서 연습에도 자주 빠지는 등 불량한 태도로 일관해 왔습니다."

그 말에 노형진은 윤채미를 바라보았다. 물론 윤채미는 절대 아니라면서 마구 손을 흔들었다.

"그 증인으로 함께 활동하던 그룹의 멤버인 신영애를 증인으로 신청합니다."

아니나 다를까, 노형진의 예상대로 증인으로 나오는 한 여자. 그녀는 선서하고는 증인대 위에 앉았다.

"증인, 증인은 피고가 누군지 알고 있습니까?"

"그렇습니다."

"누구입니까?"

"피고는 원고 측에 소속된 연예인으로 같은 그룹에 속해 있습니다."

"그럼 피고의 행동은 어떻습니까?"

"좋다고 말할 수 없는 수준이었습니다."

그렇게 시작된 증언. 사실 증언이라기보다는 여자들끼리

뭉쳤을 때 누구 하나를 까는 수준이라고 봐야 할 정도였다.

윤채미가 무능하고 욕심이 많으며 재능이라곤 눈곱만치도 없고 제대로 연습에도 참여하지 않았다는 식으로 말했던 것이다.

"이상입니다."

들어가는 방상문의 표정에는 승리할 수 있다는 자신감이 넘쳤다. 판사가 바뀌었다고 해도 이쪽에는 증인이 있다는 데서 비롯된 것이었다. 더군다나 법적으로 계약서를 위반한 건 윤채미가 맞으니까.

"피고 측 증인, 심문하세요."

판사의 말에 노형진은 앞으로 나왔다. 그리고 신영애를 바라보았다.

'질문해 봐야 뻔하지.'

자신이 봤을 때 이 증인은 애초에 김광준과 짜고 덤빈 자들이다. 당연히 증인으로서 이야기하긴 하지만, 어떤 질문을 하든 윤채미에게 유리한 증언이 나올 가능성은 제로였다.

'그렇다면 다른 쪽으로 물어보마.'

어차피 저쪽에서 좋은 말을 해 줄 생각이 없다면 공격 대상을 증인에게 돌리면 되는 것이다.

"증인."

"네."

"증인은 나이가 몇 살입니까?"

"네?"

"증인은 나이가 몇 살인가요?"

"그게 이번 재판과 무슨 관련이 있나요?"

"있습니다. 대답하세요."

"스물아홉 살입니다."

"만으로 스물아홉 살이죠?"

"네."

"그럼 연습생으로서는 나이가 좀 많은 거 아닌가요?"

그 말에 불편한 얼굴이 되는 신영애.

"꿈을 꾸는 데에 나이는 상관없다고 생각합니다."

"그렇습니까?"

꿈을 꾸는 데에 나이는 상관없다. 말 자체만 본다면 참으로 좋은 말이다. 하지만 그 내면에 있는 추악한 진실은 그다지 반갑지 않은 진실이었다.

"좋습니다. 그럼 증인은 소속사에 들어오기 전에 어떤 일에 종사했습니까?"

"네?"

"날 때부터 연예인인 건 아니었을 테니 분명 일을 하셨을 텐데, 어떤 일에 종사하셨나요?"

"재판장님! 증인의 예전 신분은 이번 사건과 아무런 관련이 없는 사항입니다!"

방상문은 재빨리 차단하려고 했다. 하지만 노형진은 물러나지 않았다.

"증인의 신빙성이야말로 재판에서 중요한 요소라고 생각합니다. 원고 측 증인의 신빙성에 대해서 심각한 의심을 하고 있는 바, 확실하게 짚고 넘어가야 할 사항이 있다고 생각합니다."

"흠……."

판사는 잠시 고민했다. 그도 법원에 있는 사람이기에 전임 판사에게 구린 게 있다는 사실쯤 눈치채고 있었다. 문제는 그걸 넘겨받아 주느냐 마느냐라는 것.

'그럴 필요야 없지.'

자신 역시 구린 부분이 없다고는 말을 못하지만 그렇다고 남의 구린 부분을 아무런 이득도 없이 넘겨받을 이유는 없다. 그리고 노형진이 노리는 것이 바로 그것이었다.

"증인에 대한 심문을 계속하십시오. 증인의 신빙성은 재판에서 중요한 요소입니다."

그 말에 방상문이 얼굴을 찌푸렸다. 하지만 그다지 신경을 쓰는 것 같지는 않았다.

'하긴 유리한 대답만 하라고 충분히 교육시켜 놨을 테니까.'

그냥 와서 증언만 아무 대비 없이 증언을 시켰을 리가 없다. 아마도 방상문, 아니 청계 측은 어떤 공격이 올지 알려 주며 어떻게 대답하라고 교육시켰을 것이다.

'물론 그건 한국에서의 이야기이고.'

"증인, 증인은 몇 살 때 연습생 생활을 시작했습니까?"

"스물세 살입니다."

"그렇군요. 그럼 누가 데뷔시켜 줬지요?"

"저기 계신 김광준 사장님이십니다."

"그럼 스물세 살부터 만나 인연을 이어 온 거군요."

"네."

"어떻게 만났습니까?"

"길거리 캐스팅이었습니다."

"어디서 만났지요?"

"홍대입니다."

아주 막힘없이 술술 나오는 대답. 그걸 보면서 노형진은 교육받았다는 사실을 확실하게 느낄 수 있었다.

인간에게는 기억력이라는 게 있다. 당연히 시간이 지나면 그걸 생각해 내기 위해서 시간이 걸린다.

그런데 그녀는 그런 게 전혀 없었다. 물어보는 족족 바로 대답이 나온다. 그렇다는 건 얼마 전에 누군가에게 철저하게 교육받았다는 뜻이다.

"좋습니다. 신영애 씨, 노래 한 곡 불러 주시겠습니까?"

"네?"

"가수이니 노래를 부르실 수는 있지 않은가요?"

"하지만 여기는 재판정인데요?"

생각지도 못한 부탁에 신영애는 어리둥절한 얼굴이 되었다. 처음으로 드러난 감정 표현이다.

'역시.'

감정이 있는데 그동안 드러내지 않았다는 것 또한 반복적으로 학습을 받았다는 또 다른 증거.

"재판장님, 노래 역시 증거로 필요합니다. 허락해 주십시오."

"음……."

다른 것도 아니고 노래를 불러 달라는 그 부탁에 판사는 잠시 고민하다가 고개를 끄덕거렸다.

"그럼 한 곡만 부탁드립니다."

그 말에 묘한 표정으로 어정쩡하게 서서 노래를 부르는 신영애.

"감사합니다. 일단 내려가 주십시오. 재판장님, 우리 쪽에서도 증인을 신청합니다."

"인정합니다."

신영애가 내려가고 올라온 남자. 그는 어색한 표정으로 증인석에 앉았다.

"소개 좀 부탁드립니다."

"박만영입니다. 직업은 보컬 트레이너입니다."

"보컬 트레이너?"

"보컬?"

다들 고개를 갸웃했다. 판사와 김광준, 심지어 방상문까지 도대체 왜 여기에 보컬 트레이너가 있는지 알 수가 없었다.

'하긴. 아직은 보컬 트레이너가 어떤 직업인지는 알려지지 않은 시대지.'

사실 판사나 방상문까지는 이해하겠는데 연예 기획사를 한다는 김광준조차 어리둥절한 얼굴이 되었다는 점에서 노형진은 사기라는 확신이 더욱 강해졌다.

"보컬 트레이너가 뭡니까? 많은 분들이 모르시니까 설명 부탁드립니다."

"보컬 트레이너란 말 그대로 노래하는 것을 훈련시키는 직업을 가진 사람을 말합니다. 주로 노래를 배우고자 하는 사람이나 가수를 훈련시킵니다."

"그렇습니다. 보컬 트레이너는 말 그대로 가수를 만드는 아주 중요한 직업입니다. 자, 그럼 증인이 직접 키운 가수도 있습니까?"

"네."

"누군지 알려 주실 수 있습니까?"

"제가 키운 가수가……."

줄줄이 나오는 이름에 다른 사람들은 입을 쩍 벌렸다. 그도 그럴 것이, 생각보다 유명한 사람이었던 것이다.

잘 알려지지 않았지만 연예계 기획사에서 가장 중요한 사람 중 하나가 보컬 트레이너다. 천상의 목소리를 가진 가수라고 해도 호흡법이나 창법은 배워야 하기에 보컬 트레이너가 가수의 뒤에서 조력해야 하기 때문이다.

"그럼 박만영 씨에게 묻겠습니다. 방금 올라왔던 가수인 신영애 씨의 노래를 들으셨지요?"

"네."

"그럼 신영애 씨의 노래 실력은 어떻습니까? 일반적으로 가수를 키우는 입장에서 봤을 때 말입니다. 과연 몇 년간이나 훈련했다고 믿을 수 있는 사람인가요?"

"아닙니다. 호흡도 불안정하고 발음도 어눌한 것이, 제대로 트레이닝을 받은 가수라고 보기 힘들었습니다."

"크흠."

불편한 얼굴이 되는 김광준.

"그런가요?"

"네."

"재판장님, 가수의 실력에 대해서는 이번 사건과 관련이 없습니다."

방상문은 재빨리 태클을 걸었다.

"인정합니다."

"재판장님, 아직 질문이 끝나지 않았습니다. 그리고 이번 사건과 관련이 있다는 점을 전 확신합니다."

판사의 말에 정면으로 반박하는 노형진. 판사는 그걸 보고 얼굴을 찌푸렸다. 보통 이러면 변호사가 물러나기 마련이다. 그런데 정면으로 반박하다니?

"좋습니다. 하지만 관련이 없다면 법정 모욕죄가 될 수도 있습니다."

"알겠습니다. 증인, 증인에게 묻겠습니다. 증인이 봤을 때

아까 신영애 씨의 창법을 말로 어떻게 표현하겠습니까?"

"……"

그런데 박만영은 대답을 하지 못했다.

"증인, 대답하세요."

"저기, 말해도 되는 겁니까?"

"네."

"그러니까…… 과도하게 바이브가 들어가고…… 콧소리가 들어갑니다. 그리고……."

최대한 포장하여 설명하려고 노력하는 박만영. 하지만 노형진이 궁금한 건 그게 아니었다.

"그걸 보통 무슨 창법이라고 하지요?"

"네?"

"그 창법의 이름이 있는 걸로 알고 있습니다. 그 창법이 뭡니까?"

"진짜 말해도 됩니까?"

"네."

노형진의 확답에 그는 한숨을 푹 쉬더니 결국 대답하고야 말았다.

"나가요 창법입니다."

"나가요 창법?"

낯선 단어에 다들 고개를 갸웃하는 사람들.

"설명 부탁드립니다."

"보통 술집 아가씨들이 단시일 내에 노래를 잘 부르는 것처럼 보이기 위해서 여러 가지 기교들을 급속도로 배울 때 나오는 창법입니다. 일반인이 얼핏 들으면 잘 부르는 것 같지만 정밀하게 파고들어 보면 그냥 순간적인 기교만 들어갔을 뿐이지, 노래 자체에 대한 감정 표현 같은 건 전혀 없는 창법입니다."

"나가요 창법이라 불리는 이유를 좀 더 자세히 말씀해 주십시오."

"아까 말했듯 단시일 내에 노래에 관련된 기교를 배우려고 할 때 가르쳐 주는 창법입니다. 배우면 보통은 한 달, 길어 봐야 두 달 안에 마스터할 정도로 쉽습니다. 다만 그 수준이 노래방 수준의 시설에서만 먹히는 거라 문제가 많습니다. 그런 곳은 울림이 강하게 되어 있기 때문에 에코를 강하게 넣으면 잘하는 것 같거든요. 하지만 일반적으로 사용되는, 시설 좋은 콘서트나 방송국에서는 저런 창법으로는 절대 제대로 된 노래를 할 수가 없습니다. 울림도 적고 모든 것이 달라서요."

"그러니까 스물세 살부터 연습생 생활을 했다는 분이, 스물아홉 살까지 배웠다는 분이, 길어야 두 달 만에 마스터할 수 있는 나가요 창법을 갖고 있다는 건가요?"

"네."

"그런 경우가 있습니까?"

"없습니다."

단호히 말하는 그의 말에 김광준과 방상문은 뜨악한 얼굴이 되었다. 설마 증인을, 그것도 창법을 공격할 거라고는 전혀 예상하지 못했기 때문이다.

'전생의, 미래에 만날 그 아가씨에게 행운이 있으라. 아니, 보답 차원에서 그쪽으로 빠지기 전에 구해 줄까? 근데 연락처가 내가 기억하는 그 번호가 아닐 것 같은데.'

노형진이 다양한 지식을 갖게 된 건 자신에게 일을 맡겼던 어떤 아가씨 덕분이다. 술집 여자도 사람이라는 사실을 각인시켜 준 그녀는 의뢰인이라기보다 사실 친구에 가까웠다.

아마도 그녀가 좀 더 정상적인 직업을 가졌다면 소위 말하는 썸까지 갔을지도 몰랐다. 그 당시 노형진은 이혼한 상태였으니 말이다. 그러나 그녀는 자신의 직업에 대한 자괴감 때문인지 그 부분까지는 허락하지 않았다.

어찌 되었건 그녀는 이런저런 이야기를 해 줬는데 그중에는 아가씨들이 배우는 노래에 관한 것도 있었다.

"이상하지 않습니까, 연습생으로 무려 7년이나 있었다는 사람이 고작 두 달 만에 마스터할 수 있는 창법을 배운 수준이라는 게?"

"흠."

판사도 이상하다는 표정이 되었다. 얼핏 이번 사건과 관련이 없어 보이는 것이지만 '나가요'라는 단어 자체가 주는 부정적인 어감이 증인에 대한 신뢰도를 극도로 깎고 있었다.

"저는 신영애 씨를 다시 증인으로 호출하겠습니다."

"원고 측 변호인, 증인에게 질문할 거 있습니까?"

"네? 아…… 어…… 없습니다."

방상문은 질문할 수가 없었다. 생각지도 못하게 허를 찔렸기 때문이다.

"좋습니다. 증인은 내려오시고 신영애 씨는 다시 올라 오십시오."

그 말에 잔뜩 겁먹은 표정으로 방상문을 바라보던 그녀가 다시 증언대 위로 올라왔다. 노형진은 그녀를 보면서 마지막 쐐기를 박았다.

"신영애 씨."

"네."

"본인의 실명입니까?"

"네."

"그럼 주소가 서울시 서초구 ○○동 ○○번지 ○○아파트 맞죠?"

"네."

"딱 한 가지만 묻겠습니다."

"뭐…… 뭘요?"

신영애의 눈에는 당혹감과 두려움이 가득했다. 심각하게 켕기는 게 있다는 뜻이었다. 그리고 그녀가 무엇을 두려워하는지 노형진은 알고 있었다.

"증인이 살고 있는 아파트의 등기부 등본입니다. 본인 명의 같은데, 인정하십니까?"

노형진은 미리 준비한 등기부 등본을 제출했다.

"네……."

본인이 조회한 것이 아니기에 정확한 정보는 안 나왔지만 그걸 확인하는 게 어려운 건 아니었다.

"보다시피 신○○으로 표시되어 있습니다. 그리고 생년월일을 봤을 때 증인이 명의자인 것은 부정할 수 없습니다. 그뿐만 아니라 증인도 이 아파트가 자신의 집이라는 사실을 인정했습니다."

노형진은 마지막 질문을 위해서 주변을 보다가 신영애를 바라보았다.

"이 아파트의 현재 시가는 4억 3천입니다. 기록에 따르면 스물여섯 살에 산 걸로 되어 있는데 정상적인 경우라면 스물여섯 살에 이런 재산을 가질 수는 없습니다. 물려받았다고 보기에는 부모님께서 그다지 부자가 아니시던데요. 그럼 그 돈은 어디서 구하신 겁니까?"

그 말에 신영애의 눈이 격하게 흔들리기 시작했고 결국 그녀는 아무런 말도 하지 못했다.

"나이스!"

이것이 법이다

"역시 천재야!"

노형진의 어깨를 두들기는 남상주 변호사였다. 저쪽에서 아주 짜고 위증한다면 그걸 깨는 게 쉬운 일이 아니다. 하지만 노형진은 그걸 깨는 데에 성공했다.

그녀가 말이 가수지, 실질적으로 술집 여자라는 사실을 입증한 것이다. 물론 그게 그녀가 위증했다는 증거가 되지는 않겠지만 그녀의 증언이 치명적일 정도로 큰 타격을 입은 건 사실이었다.

"어떻게 그런 생각을 한 거야?"

"그냥. 남 변호사님하고 술집에 갔을 때 생각나서요."

"그래?"

"네, 그때 그랬잖습니까? 손님은 티코를 타고 나가고 아가씨는 벤츠를 타고 나간다고."

"아아아! 난 농담인 줄 알았는데."

"저도 그때는 농담이었죠."

하지만 나중에 생각해 보니 그게 아니었다. 저런 여자가 사기를 위해 연습생으로 위장하는 생활을 하고 있는데 평소에는 어디서 돈을 벌 것인가?

물론 사기의 대가로 어느 정도 돈을 받기는 하겠지만 그리 많은 돈을 얻지는 못할 것이다.

그렇다면 다른 곳에서 일해서 구해야 하는데 착실하게 돈을 버는 사람이라면 사기 같은 짓을 하지는 않을 것이다.

그 와중에 생각난 것이 바로 자신들의 두 증인이었다.

'분명 언니가 소개시켜 줬다고 했지.'

남자도 아닌 여자가 술집 마담을 소개시켜 준다? 그게 엄청나게 냄새가 나는 이상한 행동이었던 것이다.

"일단 계약서 부분은 부당 계약으로 몰아가는 데에 성공한 것 같고…… 저쪽 증인도 뒤엎어 버린 것 같고……."

처음에는 대책이 전혀 보이지 않았다. 이쪽에서 뭐라고 하든 판사는 들은 척도 하지 않는 데다 계약서는 존재하지, 거기에다 미리 준비된 가짜 증인까지 상대에게 떡하니 있었으니 말이다.

하지만 하나씩 순차적으로 처리되더니 이제 동수를 이룰 정도까지 되었다.

"이제 어쩔 거야?"

"다음 재판에서 끝낼 겁니다. 원래 역전 만루 홈런이라는 게 있지 않습니까?"

노형진은 장난을 이쯤에서 끝내기로 했다.

⚖️

"개정합니다."

드디어 시작된 재판.

승패로 따지면 동률이기 때문에 양측은 긴장을 늦출 수가 없었다. 계약서를 가지고 있는 김광준 측은 어찌 되었건 법적으로 우선권이 있다. 하지만 노형진은 그들의 위증을 깨부쉈기에 이미지상으로는 윤채미 측이 더 우위에 있는 상황.

'하지만 이미지만으로 재판을 이길 수 없다.'

이미지만으로 이길 수 없다면 저들의 가장 강력한 무기인 계약서를 깨부숴야 한다.

"재판장님, 연예계란 불확실성이 존재하는 곳입니다. 다들 똑같은 투자를 하지만 누군가는 성공할 수도, 실패할 수도 있습니다. 그러나 가장 억울한 건 투자했는데 투자 대상이 배신하고 떠나는 것입니다. 원고가 막대한 투자를 한 상황에서 피고 윤채미는 무단으로 타 소속사와 계약하였고 원고에게 막대한 손해를 발생시켰습니다."

방상문은 전략을 바꾸었다. 어찌 되었건 계획대로 수억을 받아 내는 것은 자신들과 짰던 판사가 수사가 시작되면서 글러 먹었다. 그렇다면 최대한 뜯어낼 수 있는 만큼 조금이라도 더 뜯어 가는 것이 최선이었다.

그에 반해 노형진, 아니 윤채미는 한 푼도 주기 아까웠다. 한 거라고는 아무것도 없이 돈만 요구하는데 누가 그 돈을 주고 싶겠는가?

"재판장님, 원고 측은 마치 이번 일이 우연인 것처럼 주장하고 있으나 원고 측은 기본적으로 연예계 쪽에 아무런 경험이 없는 사람입니다. 단순히 투자했다는 이유로 모든 것이

합리화될 수는 없습니다."

노형진의 반격에 방상문은 바로 반격했다.

"연예계 경험이 없다는 것은 거짓입니다. 원고는 벌써 수차례 연예 기획사를 차린 경험이 있습니다."

그러나 그걸 들은 노형진은 속으로 쾌재를 불렀다.

'걸렸구나.'

"그게 이상하다는 겁니다. 보통 기업은 한번 세우면 특별한 일이 없는 한 끝까지 가는 것이 보통입니다. 망한 것도, 상호를 바꾸는 것도 아닌데 기존에 있던 기업 자체를 아예 폐업 처리하고 똑같은 사업을 계속 이름만 바꿔 다시 한다는 게 이상하지 않습니까?"

"뜨헙!"

방상문은 아차 했다. 반박하느라고 오래 했다는 부분만 강조하는 데에 급급했지, 그게 이상하게 보일 거라는 걸 생각하지 못한 것이다.

"원고의 기록에 따르면 총 네 번이나 연예 기획사를 차렸습니다. 그런데 해당 연예 기획사들이 무려 다섯 번이나 소송에 휘말렸습니다. 그중 네 번은 승소했고 한 번은 패소했습니다. 연예 기획사들의 평균 유지 기간 역시 최단 4개월, 최장 1년입니다. 일반적인 사업을 하는 사람이라고 보기에는 너무나 특이한 패턴을 보이고 있습니다."

"사업을 하다 보면 자금이 부족할 수도 있고……."

이것이 법이다

"자금이 부족하다는 사람이 한 개 사업체를 폐업 처리한 지 채 6개월도 지나지 않은 상황에서 동종 업종의 다른 기획사를 새로 만드는 건 말도 안 되는 일입니다. 더군다나 자금 부족에 대해서는 이를 부정할 수 있는 증인이 있습니다."

"증인?"

생각지도 못한 말에 당황하는 방상문.

"재판장님, 증인을 요청합니다."

"인정합니다. 증인, 앞으로 나오세요."

그 말에 방청석의 구석에 있던 여자가 일어나서는 천천히 앞으로 나왔다. 그러나 미처 그녀를 발견하지 못했던 김광준의 얼굴이 새파래졌다.

"네가 어떻게……."

"내가 못 올 곳에 왔나?"

"여기가 감히 어디라고!"

자신도 모르게 소리를 지르는 김광준. 그러자 그런 김광준에게 판사가 버럭 소리를 질렀다.

"원고! 원고야말로 여기가 어딘 줄 알고 소리를 지릅니까?"

"크험."

그 말에 김광준은 입을 다물었지만 눈에서는 분노가 이글거리고 있었다. 반대로 방상문의 얼굴에서는 당혹의 빛이 점점 강해지고 있었다. 그녀가 누군지 알고 있다는 증거였다.

'하긴, 설마 찾을 수 있을 거라 생각하지는 않았겠지.'

과거 사건은 과거 사건일 뿐이다. 그러니 그 사람을 증인으로 데려올 거라고는 그들도 생각하지 못했을 것이다. 애초에 술집에서 술이나 팔고 있으니 말이다.

"피고 측, 질문하세요."

노형진은 앞으로 나왔다. 그리고 그녀를 똑바로 바라보았다.

"성연주 씨, 직업이 뭡니까?"

"술집에 나갑니다."

그 말에 웅성거리는 사람들. 설마 증인이 대놓고 술집에 나간다고 말할 거라고는 생각지 못했기 때문일 것이다.

하지만 이런 건 감춰 봐야 의심만 받는다. 똑같이 술집에 나가는 사람이지만 신영애는 그 사실을 감춰서 증언을 의심받게 된 것이다.

"그럼 술집에 나가게 된 이유가 뭡니까?"

"원고에게 배상해야 하는 금액 때문입니다."

"그 금액이 얼마죠?"

"15억입니다."

"그럼 그 당시 사건을 담당한 재판관에 대해서는 알고 있습니까?"

"이름은 기억나지 않습니다만, 성은 곽 씨로 기억하고 있습니다."

"재판장님, 현재 그 재판관은 원고인 김광준에게서 뇌물을 수수받은 이유로 수사 중인 점을 알아주시기 바랍니다."

"크흠."

김광준은 불편한 얼굴이 되었다.

"그럼 그 당시 멤버가 누가 있었지요?"

"저 말고도 태희라는 아이가 있었습니다. 그리고 두 명이 더 있구요."

"그 두 명은 누구입니까?"

하나하나 나오는 진실.

어떤 과정으로 당했는지 나오는 사실적인 증언들. 증언이 계속될수록 김광준은 사색이 되어 갔다.

"재판장님, 이 사건은 이번 사건과 관련이 없는 전혀 다른 사건입니다."

방상문은 애써 진술을 막으려고 했지만 지금 사건과 매우 닮아 있다는 사실을 모를 판사가 아니었다.

"아닙니다. 제가 봤을 때는 분명 뭔가 있어 보이는군요. 놀라울 정도로 흡사합니다. 계속 질문하세요."

"과정에 대한 질문은 끝났습니다. 마지막으로 묻겠습니다. 현재 태희라는 분과 증인이 1년간 김광준 씨에게 벌어다 주는 돈이 얼마입니까?"

"저와 태희가 벌어 주는 돈……. 상당히 많지만 그걸로는 이자만 갚기에도 힘듭니다. 두 명이 합쳐서 대략 3억 정도 주는 것 같습니다."

"1년에요?"

"네."

"원고 측은 자금 압박으로 인해 사업에서 철수했다고 하던데요?"

"그럴 리가요. 매달 수천만 원을 줬습니다. 더군다나 저 말고도 비슷한 다른 여자들이 더 있는 걸로 알고 있습니다만."

그 말에 김광준은 완전히 사색이 되었다. 설마 그녀들이 서로 연락하고 있을 거라고 생각하지 못했던 것이다. 하지만 그건 그의 실수였다.

소위 말하는 톱이라 할 수 있을 정도로 미모가 출중했던 그녀들이 일하는 곳이니, 텐프로급 이상일 수밖에 없었다. 그리고 그곳에서 일할 수 있는 여성들은 생각보다 적었다.

"그분들도 증인과 같은 과정을 밟았다고 했습니까?"

"네."

"재판장님, 특이하지 않습니까? 원고는 놀랍도록 비슷한 형태로 똑같은 과정을 반복합니다. 기업체를 열고, 캐스팅하고, 몇 달 내에 방치 상태로 들어갑니다. 이것이 과연 정상적인 기업 운영이라고 볼 수 있을까요?"

"재판장님…… 기업을 운영하다 보면…….'"

"네, 기업을 운영하다 보면 자산이 부족할 수도 있습니다. 하지만 매달 받는 수천만 원의 돈은 대체 어디로 가는 것일까요?"

그 말에 방상문은 할 말이 없었다. 이건 빼도 박도 못할 상황이었던 것이다.

"의심스럽군요."

결정적인 의문이 나왔다. 판사가 드디어 과거의 사건에까지 의문을 가지게 된 것이다.

"피고 측에서는 과거 사건들을 면밀히 검토했습니다. 그런데 참으로 신기하더군요. 그 당시 원고 측의 증인으로 나왔던 사람도 지금 증인과 동일한 인물이었고 과정도 동일했습니다. 또한 기록에 따르면 재판이 끝나고 난 후 원고의 계좌에서 연습생 겸 증인들에게 매번 2천만 원 상당의 금액이 이체되었습니다. 공식적으로는 수익의 분배라고 하던데 수익 자체가 발생하지 않은 상황에서 무려 2천만 원의 수익을 분배한다는 것은 말이 되지 않습니다."

"그건…… 소송에 대한 손해배상액을 위로 차원에서……."

"손해배상의 대상은 김광준 씨입니다. 왜 멤버들에게 매번 2천만 원씩이나 되는 배상금을 지급한 건지 알 수가 없네요. 그들은 자기들끼리 데뷔하면 그만 아닌가요?"

"……."

어설프게 실드를 치려던 방상문은 자기 말에 자기가 함정에 빠지고 말았다. 이건 대놓고 위증에 대한 대가성이라고밖에 볼 수 없는 상황이 아닌가?

'이쯤에서 끝내 볼까?'

노형진은 바들바들 떨고 있는 김광준을 바라보았다. 일단 재판부에서 심각하게 의심하기 시작했으니 저들이 뭐라고 하든 변명으로 들릴 가능성이 높다.

"재판장님, 그럼 마지막 증인을 부르고자 합니다."

"인정합니다."

누군지 알고 있던 재판장은 씁쓸한 얼굴로 고개를 끄덕거렸다. 그러자 잠시 후 파란 수형복을 입고 있는 남자가 수사관에게 끌려서 앞으로 천천히 나왔고, 그걸 본 김광준은 그대로 얼어붙고 말았다.

"증인으로 지난번 재판의 재판관인 곽무식을 부르는 바입니다."

그것이 마지막 쐐기였다.

⚖

"결국 이렇게 되었네요."

사기의 가능성이 높으므로 변제의 책임이 없음.

이것이 윤채미의 재판의 판결문에 있는 내용이었다.

결국 곽무식은 자신의 범죄를 시인할 수밖에 없었다.

뇌물받은 걸 인정하는 것이 그나마 자신과 가족들을 지킬 수 있는 유일한 방법임을 알았기 때문이다.

"그래서 그 판사를 날려 버린 건가?"

"네."

"끄응…….."

송정학은 자신도 모르게 신음성을 흘렸다. 투서를 날릴 때만 해도 그냥 재판에서 손을 떼도록 하기 위해서 만든 것인 줄 알았다.

"그런 게 그 녀석을 어떻게 잡은 거야?"

"그냥 운이죠."

"그놈의 운은…… 왜 너한테만 가는 건지."

물론 운이 아니다. 전 사건의 담당자로서 수사 대상인 그를 노형진은 찾아가서 면회하면서 그의 기억을 읽고 그의 비밀을 알아냈다.

그에게 남은 것은 두 가지였다. 모든 비밀들이 까발려지고 몰락하느냐, 자수하느냐.

물론 그가 판사로 그대로 있었다면 불가능한 일이었을 것이다. 똑같이 기억으로 약점을 잡을 수 있었겠지만 그걸 이용하기 전에 반격당할 가능성이 높기 때문이다.

"그럼 그 두 언니는요?"

윤채미는 자신을 위해서 증언해 준 두 언니들이 걱정되는 모양이다.

"채무 부존재 소송이 시작되었습니다. 아마도 채무도 사라질 테고 빼앗겼던 돈도 다시 돌려받겠지요."

"다행이네요."

"다행은 아니죠……. 이미 인생이 망가졌으니까."

그 말에 모두들 아무 말도 하지 못했다.

"변호사가 도와줘서 그나마 복구는 할 수 있겠지만 결코 과거로 돌아가지는 못합니다."

그렇기에 범죄를 용서해서는 안 되는 것이다.

'그러나 이놈의 나라는 무조건 용서하라지.'

노형진이 봤을 때 대한민국은 용서라는 질병에 감염된 상태였다. 특히나 힘이 없고 약한 사람은 아무리 당해도 용서하라는 압박에 찍소리도 못한다. 그에 반해서 가진 자들은 용서란 없다.

"용서는 본인이 우러나서 해야 하는 거지, 남이 시켜서 하는 게 아닙니다."

"……."

"김광준은 어떻게 될까요?"

"아마 한 3년쯤 살고 나오겠죠. 그러고는 또 똑같은 짓을 할 겁니다."

"또요?"

"네."

한번 당했지만 그 녀석이 개과천선해서 똑바로 살아간다? 그럴 리가 없다. 전과 1범은 실수라고 할 수 있다. 하지만 2범 이상이 되는 이상 그건 실수가 아니다. 고의이고 그 자체가 인생이다.

"씁쓸하네요."

이것이 법이다

"그나저나 어떻게 하기로 했습니까?"

"아, 저요? 전 정식으로 연습생이 되었어요."

"축하드립니다."

윤채미를 캐스팅했던 대형 연예 기획사는 사건이 해결되자 그녀를 받아 주기로 했다. 그녀의 재능이 워낙 아까웠던 탓이다.

'어쩌면 희대의 스타가 나올지도 모르지.'

그녀 역시 노형진의 기억에 없는 사람이다. 그렇다면 아마도 원래는 이 재판에서 지고 인생이 완전히 망가져 사라졌을 운명이란 뜻이리라.

"예림이가 진짜로 믿을 만하다고 하더니, 정말 대단하세요."

"하하하하."

다른 변호사들이 생각하지 못하던 창법에 관한 지식까지 가지고 있는 사람이 있을 거라고는 그녀도 생각하지 못했다.

"손해배상 청구는 안 하실 겁니까?"

"솔직히…… 하고 싶지 않아요. 시간이 아깝기는 하지만."

"그 녀석을 더 보고 싶지 않다는 뜻이군요."

"네."

소송을 하게 되면 다시 이런저런 이유로 김광준을 봐야 한다. 윤채미는 그게 싫었다. 비록 손해를 보기는 하겠지만…….

"걱정 마세요. 우리가 대신할 테니까요."

"네? 그런 것도 되나요?"

"그럼요."

윤채미 잠시 고민하다가 고개를 끄덕거렸다. 보기 싫어서 피했을 뿐이지, 그 녀석을 용서한 건 아니었다. 만일 보지 않고 소송을 할 수 있다면 그냥 넘기고 싶은 생각이 없었다.

"잘 부탁드려요."

"잘해 드려야지요, 단골이신데."

"단골? 푸헷!"

단골이라는 어색한 말에 그녀는 피식 웃었다. 하지만 실제로 한번 새론에 사건을 맡겼던 사람들은 또 새론으로 돌아오곤 했기에 웃을 일이 아니었다.

"걱정 마세요, 확실하게 정의의 처단을 해 드릴 테니."

"호호호! 기대할게요."

그렇게 김광준의 앞에는 암울한 미래가 펼쳐지고 있었다.

이것이 법이다

길을 찾아서

"내가 갈 수 있다니까!"

"무서운 소리 좀 하지 마라."

손채림의 당당한 말에 노형진은 등골이 오싹해졌다.

"왜? 내가 못 갈 것 같아?"

"당연히 못 오지! 경기도 문화예술회관을 네가 무슨 수로 찾아와!"

"전철은 폼이냐!"

"그래서 어느 역에서 내리는데!"

"어…… 수원역?"

거기까지는 맞다. 아니, 맞을 수밖에 없다. 아직은 1호선 마지막 역이 수원역이니까. 문제는 그 후다. 그냥 택시를 타면 되는 것을 버스를 타겠다고 우기는 것이다.

"너 방금 '어?'라고 했지? 어떻게 그걸 모르냐?"

"일단 맞았잖아?"

"그래도 안 돼. 그냥 거기에 있어."

"쳇."

딱 선을 그은 노형진은 고개를 흔들면서 전화를 끊었다.

"아니, 도대체 무슨 깡이야?"

자기가 길치인 걸 안다. 길치도 수준이 있다면 손채림은 상상 그 이상의 길치다. 그런 그녀가 경기도 문화예술회관까지 찾아올 수 있을 리가 없다.

"그러면서 깡은 왜 그렇게 센 건지."

길치인 걸 알면 그냥 조심하면 좋은데 자존심 때문인지는 모르겠지만 자기가 길을 찾겠다고 우기는 통에 고생이란 고생은 다 하고 있었다.

"아…… 진짜."

그녀가 음악을 접은 것 때문에 노형진은 이런 국내 콘서트 같은 게 있으면 꼭 데려가는 편이었다. 미안한 것도 있지만 혹시나 그런 걸 보고 다시 음악에 관심을 가지게 될지도 모른다는 생각을 해서였다.

"끼익."

결국 한참을 달려서 도착한 그녀의 집 근처 가게. 노형진은 그곳에서 입을 삐쭉 내밀고 있는 그녀를 만날 수 있었다.

"치사하다."

"내가 뭘?"

"그까짓 길, 얼마나 한다고."

"전적을 생각하고 말해라. 그리고 공연 시간에 늦으면 어쩔 건데?"

"내가 진짜 공연 시간만 아니면 찾아가는데. 한번 봐줬다."

그 말에 어이가 없는 노형진.

'봐주기는 뭘 봐줘.'

티격태격하면서 출발하는 두 사람.

노형진이 운전하자 손채림은 멍하니 바깥을 바라보았다.

"차 좋다."

"응?"

"차 좋다고."

"아아, 이번에 새로 뽑았어."

"아버지가 뭐라고 안 하셨어?"

"하실 리가 있겠어?"

"그런가?"

"그래."

벤츠. 이 시대에는 무척이나 비싼 축에 속하는 차다. 미래에도 많이 내렸다고 하지만 상대적으로 비싼 건 사실이다.

"웬일이야? 넌 이런 거 무척이나 싫어하잖아?"

"사치를 싫어하는 거지. 쓸 때는 써."

"차이가 뭔데?"

"돈이 없는데 벤츠를 사면 사치겠지만 돈이 있는데 소형차를 사는 것도 멍청한 짓이야."

"왜?"

"돈을 써야 세상이 발전하니까."

돈을 많이 벌어서 꽉 쥐고 있는다고 세상이 발전하는 건 아니다. 번 만큼 그대로 돌려줘야 그 돈이 다시 돌아오는 법이다.

그래서 노형진은 부자가 되었다고 사치를 부리는 건 아니지만 필요하다고 생각되면 서슴없이 사는 편이었다.

"그래도 벤츠라니, 의외네."

"일찍 죽고 싶지 않아서."

"하하하."

아직은 외제 차 수입이 활성화되지 않은 시대이다 보니 대부분의 사람들은 한국 자동차들을 타고 다닌다. 문제는 현재의 자동차 기업들이 상대적으로 외제 차에 비해서 안전도가 낮다는 것이다.

'하긴 미래도 바뀐 건 없지만서도.'

미래에도 한국 차에 대한 말은 많다. 에어백이 펼쳐지지 않는다거나 충돌 각도를 맞춰야 한다거나 하는 문제들 말이다.

"에헤헹."

"왜, 좋냐?"

"좋지? 내가 벤츠를 언제 타 보겠어?"

"아버지는?"

"우리 아빠? 손대지도 못하게 하는걸."

"그래?"

손채림의 아버지는 잘나가는 변호사다. 솔직히 그도 벤츠 정도는 부담스럽지 않게 끌 정도의 능력은 된다.

'그나저나 왜 그러는 걸까?'

어머니와 아버지에게 물어봤지만 손채림의 부모가 자신을 미워하는 이유를 알 수 없었다. 딱히 싸우거나 원수를 진 적도 없는데 그들은 자신을 별로 안 좋아했다.

"그나저나 요즘 여유 있나 봐?"

"왜?"

"요즘 공연 보자고 자주 불러내길래."

"너니까 불러내는 거다."

"나라서? 흐흐응."

"그나저나 느낌 같은 거 없어?"

"뭔 느낌?"

"한번 해 보고 싶다거나 그런 거."

그녀의 음악적 재능은 상상 이상이다. 자신 때문에 미래가 바뀌었다고 하지만 그녀가 다시 그 길로 가기를 원하는 게 솔직히 노형진의 마음이었다.

"글쎄…… 내가 해도 저것보단 잘하겠다는 느낌?"

"그럼 한번 해 보는 건 어때?"

"별로 딱히 해 보고 싶지는 않은데."

"그래?"

'역시 안 되나.'

미래가 바뀌어서 그런 걸까? 그녀는 음악에 그다지 관심이 없어 보였다.

"그나저나 나 차 좀 빌려줘."

"차?"

"나도 벤츠 좀 몰아 보자."

"빌려주는 거야 어렵지 않은데 어디로 가느냐가 관건이 아닐까?"

"그건 내가 알아서 정할게."

"정하다니? 같이 가자고?"

"응."

"그러시든가요."

보통 부르는 대로 나오는 게 손채림이다. 하지만 그녀도 가고 싶은 곳이 있을 것이다.

'뭐, 설마 내비가 있는데.'

아무리 길치라지만 내비게이션이 있는데 별일이 있겠느냐라는 생각에 노형진은 고개를 끄덕거렸다.

"좋았어!"

손채림의 미소에 그는 살짝 마음이 떨렸지만 모른 척 운전을 계속했다.

이것이 법이다

"빨리 가자. 늦겠다."

노형진은 애써 얼굴을 돌리면서 말했다.

⚖

시간이란 흐른다고 했던가?

드디어 약속했던 날이 다가왔다. 노형진은 손채림의 부탁대로 차를 끌고 약속 장소로 나갔다.

"어딜 가고 싶은데?"

"제부도."

"뭐, 거기도 좋지."

가깝고 바다도 있는 데다가 음식이나 회도 맛있는 곳이 제부도다. 당일치기로 놀기에는 딱 좋은 곳.

"키 줘! 키, 키, 키!"

"네, 네."

신나게 키를 받아서 운전석에 앉는 손채림. 그때 문득 느껴지는 불안감.

"혹시 말이다, 너 무면허는 아니지?"

그 말에 손채림은 의미심장한 미소를 지었다.

"아니야."

"그래, 다행이네."

"면허 딴 지 무려 2주나 지났거든."

"읍스……."

－경로를 재탐색합니다.

내비게이션의 친절한 목소리와는 다르게 노형진의 마음속에서는 점점 두려움이 커지고 있었다.

"야, 지나갔거든?"

"그래?"

"'그래.'라니……."

누군가 그랬다, 길치에게는 내비게이션도 의미가 없다고. 노형진은 말도 안 되는 소리라고 생각했다. 들어가라고 할 때 들어가고 나오라고 할 때 나오는 게 뭐가 어렵다고 의미가 없다는 소리까지 할까 했는데 농담이 아니었다.

"아…… 옆 차가 안 비켜 줘."

"비켜 주겠냐!"

고속도로에서 정속 80킬로미터로 주행 중이다 보니 본의 아니게 손채림은 교통 체증의 원인이 되고 있었다.

"아, 진짜……."

"그럴 수도 있지, 뭘."

"'그럴 수도 있지, 뭘.'이 아니라고!"

분명 목적지는 제부도였다. 그러나 들어가야 하는 톨게이트는 지나가고 들어가야 하는 길에서는 못 들어가는 바람에 하염없이 직진 중. 그런데 그녀는 아무런 걱정도 없어 보였다.

"가다 보면 모든 길은 로마로 통한다는 말, 몰라?"

"일단 우리가 가는 길이 로마로 가는 게 아니라는 점은 둘째 치고 우리의 목적이 뭔지 생각해 봐야 하지 않겠냐?"

제부도에 가서 바다를 보면서 회를 먹고 오는 것. 그게 목적이었다. 그러나 점점 멀어지는 거리를 보고 있자니 노형진은 아예 초탈해지는 기분이었다. 아까는 분명 거리가 두 자리였는데 이제는 세 자리로 늘어났다.

'될 대로 되라.'

초보의 모습을 보여 주면서 오로지 직진만 하는 손채림의 모습에 노형진은 탈진한 듯한 얼굴이 되었다.

"내비 말 좀 들으면 안 되냐?"

"아니야. 여기로 가면 빨라, 아마도."

"'빨라.' 뒤에 '아마도.'가 붙으면 안 되는 거야."

하염없이 흘러가는 자동차들. 그리고 직진만을 하는 두 사람. 그리고 그들이 도착한 곳은 전혀 예상하지 못한 곳이었다.

"설마 여기가 목적지였다는 말은 하지는 않겠지?"

"에헤헤헤."

"그래, 부산까지 안 간 게 어디냐?"

도착한 곳이 대관령이라는 사실에 노형진은 어이가 없었다. 하지만 오늘은 그녀가 하자는 대로 하자고 했으니 그저 따를 뿐.

"그래도 좋네, 가슴도 탁 트이고."

넓은 산 위에서 아래를 바라보면서 심호흡하는 손채림. 노형진은 그걸 보면서 뭔가 이상하다는 생각을 했다.

"무슨 일 있냐?"

"응? 왜?"

"아니, 평소 너 같지 않아서."

자기가 길치인 걸 알기 때문에 자신 있게 길을 갈지언정 스스로 어디론가 가자는 소리는 잘 하지 않는 그녀다. 그런데 오늘은 그것도 아니고, 좀 이상했다.

"그냥 갑갑해서 그래."

"갑갑?"

"부모님이 너무 옥죈달까?"

"끄응."

알 것 같다. 자신에게 심각한 라이벌 의식을 가지고 있는 그들이니 자신이 잘나갈수록 손채림을 다그칠 것이다.

'그러고 보니 그 때문에 그녀의 인생이 바뀐 건가?'

자신이 직접 뭔가를 한 건 아니다. 하지만 자신과 비교당했다는 이유만으로 그녀의 인생이 바뀐 것이다.

"나도 나름 노력하는데 인정받지 못하는 느낌이야."

노형진은 말없이 그녀 옆에 있는 난간에 기대 아래를 내려다봤다. 발 아래로 흘러가는 구름이 왠지 속을 터 주는 것 같았다.

"너, 내가 안 미워?"

"내가? 왜?"

"아니, 네 인생을 바꾼 건 어떻게 보면 나잖아. 너 어릴 적부터 음악을 하고 싶어 했잖아."

"그건 그렇지. 그래서 요즘 열심히 콘서트장에 데려간 거야? 죄책감을 느껴서?"

"솔직히 그래."

재능도, 꿈도, 그걸 지원할 돈이 있는 집안도 있다. 그래서 원래는 한국이 낳은 세계적인 소프라노가 되는 그녀였다. 그런데 그로 인해 인생이 완전히 뒤바뀌어서 선생님이 되려 하고 있다.

"뭐, 한때는 그랬지, 어렸을 적에."

멀리 흘러가는 구름에 시선을 맡기고 중얼거리는 손채림.

"그런데 나이 먹고 보니까 그게 아니더라고."

"아니라니?"

"네가 날 어떻게 한 것도 아니잖아. 넌 자기 공부를 한 것뿐인데 그런 식으로 보면 나도 누군가를 밟고 올라온 거니 누군가에게는 미움 받는 게 정상이 되어 버리잖아."

"그……런가?"

"그래, 더군다나 학교 다닐 때 딱히 친했던 것도 아니고."

그렇기는 하다. 원래 생에서는 그녀가 엄친딸로 노형진과 비교 대상이었으니까.

"결국은 내가 선택한 것 같아. 엄마가 뭐라고 하든 반항 한번 해 보지 못하고 시키는 대로 한 건 나잖아. 음악을 하고 싶다면 내가 하겠다고 우겼어야지."

노형진이 법률 쪽에서 두각을 보이는 것을 본 그녀의 엄마가 경쟁심에 법률 쪽 공부를 강요하자 그녀는 공부에 대한

흥미를 잃어 버렸다. 그로 인해 자신의 길을 가지 못했고.

"그러니까 네가 미안해할 건 아냐."

"응?"

"맨날 미안해서 이런저런 거 해 주는 거 고마워. 하지만 네 실수는 아니잖아. 네가 나한테 미안해할 건 아니지."

그 말에 노형진은 씁쓸하게 웃었다.

"알고 있었냐?"

"내가 길치일지는 몰라도 눈치가 없는 건 아니거든."

"그래서 갑자기 나오자고 한 거야?"

"그래, 그 말을 하고 싶었어. 원래는 바다에서 석양을 보면서 분위기 있게 하고 싶었는데."

"뭐, 지금도 나쁘지는 않은데?"

난간에서 발 아래로 흐르는 구름을 보면서 커피 한잔과 함께하는 대화라는 것도 나쁘지 않은 것 같았다.

"그러니까 걱정하지 마."

"그렇지만 너도 답답하다면서?"

"그건 내 문제니까."

사실 그녀가 말만 하지 않았다 뿐이지, 집에서 그녀에게 주는 압박감은 상상 이상이었다. 그녀의 오빠는 한국대 법대를 나와서 검사가 되어 잘나가고 있는데 그녀는 그저 그런 사범대를 다니고 있는 데다 임용고시조차도 확실하지 않은 실력이었기 때문이다.

"어찌 됐건 내 인생이잖아, 우리 엄마 아빠의 인생이 아니라."

"내 인생이라……."

"나 솔직히 어렸을 적에 네가 참 부러웠다."

"진짜?"

"그래, 자기 목적도 뚜렷하고 어른들하고도 싸우는 거 보고 깜짝 놀랐다. 내 주위에는 그런 애가 없거든."

"어른하고 싸우다니?"

"미영이 사건 때 말이야. 담임뿐만 아니라 학교 선생님 전체랑 싸웠잖아. 그게 참 대단해 보였어. 다른 애들은 기껏 한다는 게 반항한답시고 머리를 물들이거나 담배를 피는 것인데, 넌 그게 아니라 잘못된 걸 잘못되었다고 말할 줄 알았잖아."

"아……."

노형진의 인생을 바꾼 사건이 바로 미영이의 사건이었다. 스승, 아니 선생이라고 생각하기도 힘든 인간쓰레기에게 친구가 강간당했던 사건.

"그때 솔직히 너 조금 좋아했다."

"진짜?"

"후후후, 그리고 네가 학교를 그만둔 건 의외였어."

그 말에 노형진은 피식 웃었다.

"그나저나 미영이는 어떻게 지내는지 알아?"

"이번에 결혼한다고 하던데?"

"결혼?"

"그래."

얼마 전 들은 소식이었다.

노형진이 연락하지 말라고 하기는 했지만 그녀는 편지를 보내서 자신의 근황을 알려 줬다.

솔직히 노형진은 그걸 보고 내심 안심했다. 제대로 치료받지 못해 상처로 남았다면 아마도 그녀는 결혼은커녕 남자와 친해지지도 못했을 것이다. 즉, 결혼한다는 건 어느 정도 안정적인 상태가 될 정도로 치유되었다는 뜻이다.

"의외네."

"뭐가?"

"너랑 미영이랑 잘될 거라 생각했거든."

"엥? 왜?"

"왜라니? 몰라? 네가 미영이랑 사귄다고 소문이 파다했잖아."

"아아."

노형진은 추억이 새록새록 떠오르는 기분이었다. 확실히 그런 소문이 돌기는 했다. 미영이를 보호하기 위해서 하루가 멀다 하고 붙어 다녔으니 말이다.

그때는 그다지 신경 쓰지 않았는데.

'아깝네.'

만일 그러지 않았다면 어렸을 적의 엄친딸이 고백하는 경험을 했을지도 모른다는 생각에 슬며시 미소가 떠올랐다.

"그건 그 애를 보호하려고 한 거였고."

"그래?"

"그래, 솔직히 그 녀석, 좋은 녀석은 아니었잖아."

"하긴."

선생이라는 탈을 쓰고 미성년자에게 접근할 기회를 노리는 쓰레기가 바로 그 담임이었다.

"하여간…… 어쩌면 그때 내가 가질 수 없는 모습에 널 부러워했는지도 몰라."

"가질 수 없는 모습이라……"

"그래."

자신의 꿈을 위해서 그리고 바른 걸 위해서 노력하는 노형진의 모습은 충분히 멋있어 보였다.

"그래서 요즘 널 만나게 되면서 이런저런 생각을 하게 되더라고. 과연 내가 어떻게 살아야 하나."

"그래서?"

"사실 부모님은 여전히 날 무시하는데 그냥 신경 안 쓰려고. 내가 하고 싶은 거 하고 싶어."

"설마?"

"제대로 음악을 할 거야."

그동안 듣던 말 중 가장 반가운 소리였다. 자신의 재능을 찾아가기를 내심 얼마나 기대했던가.

"그러니까 미안해하지 마. 그 말이 하고 싶었어."

그녀는 아마도 그 말을 하기 위해서 이런 기회를 만들고자

했을 것이다.

'짜식, 마음 쓰기는.'

하여간 그녀가 자신의 길을 가기로 했다고 하니 내심 안심이 되는 노형진이었다.

"공부는?"

"대출받아서 해야지."

"대출?"

"그래, 집에서 지원해 줄 것 같지는 않아."

'내가 내줄까?'라는 말이 노형진의 목구멍까지 올라왔다가 다시 들어갔다. 섣불리 말하기에는 상대방의 자존심을 건드리는 문제일 수도 있기 때문이다.

그걸 눈치챘는지 그녀는 서둘러서 몸을 돌렸다.

"이제 돌아가자."

"응? 벌써?"

"벌써 7시야. 당일치기로 한 거 아니었어?"

고작 7시다. 하지만 손채림의 운전 실력과 가공할 길치라는 그 특성을 봐서는 벌써라고 표현하는 게 맞을지도 모른다.

"천천히 가. 내가 운전할 테니까."

"에이, 나도 운전하면서 길눈을 익혀야지."

"불가능한 소리 하지 말고. 내가 운전한다니까 그냥 여유를 가져."

강간의 왕국

　한국인의 특징을 표현하는 여러 가지 단어가 있는데 그중 하나가 바로 냄비 근성이다. 그리고 노형진은 자신의 실수를 뼈저리게 인식할 수밖에 없었다.

　'젠장…… 나도 한국인이라는 건가?'

　냄비 근성. 한번 우르르 끓고는 팍 죽어 버리는 성질. 노형진은 뉴스에 나오는 사실을 듣고는 자기 자신에게 혐오감에 빠질 정도였다.

　'내가 왜 이걸 기억하지 못했지?'

　그랬다면 막았을 것이다. 하지만 그는 기억해 내지 못했고 그 결과 또다시 벌어진 참혹한 사태. 집단 강간 사건.

　'실수야…….'

어느 시골에서 벌어진 사건. 해당 지역의 유지의 아들과 부잣집 아들 마흔 명이 한 여학생을 집단으로 강간한 사건이다.

언론에서는 지금 마치 세상이 떠나갈듯 말하고 있지만 노형진은 그 언론조차 좋게 볼 수가 없었다.

'순간이지.'

노형진이 현행 대한민국 법 체계의 가장 큰 약점을 발견한 사건.

무려 마흔 명이 집단으로 강간했지만 결과적으로 그들 중 단 한 명도 처벌받지 않았다. 대다수가 해당 지역 유지의 자식이라는 점과 피해자는 수사에 참여할 수조차 없는 현실 때문에 국민들이 뭐라고 하든 결과적으로 모두 다 풀려났던 것이다. 그리고 대학에 가거나 결혼해서 딸을 낳는 등 멀쩡한 삶을 살았다. 그 사건을 담당했던 수많은 경찰들 또한 그 사건을 무마해 준 조건으로 상위급으로 영전했다.

반면에 피해자는 그들의 주도로 해당 지역 내부에서 철저하게 왕따당하면서 살다가 가출해서 제대로 학업도 마치지 못한 채로 최하층민으로 떨어졌다.

결과적으로 대한민국의 철저한 가해자 위주의 보호 정책이 얼마나 개 같은 것인지 보여 준 사건이었다.

'그리고 그건 미래에도 바뀌지 않지.'

물론 변호사라는 직업이 가해자를 보호하는 직업인 것은 사실이다. 그러나 그것이 피해자가 보호받아서는 안 된다는 규칙인 것은 아니다.

하지만 대한민국은 철저하게 가해자를 보호할지언정 피해자에게는 용서만을 강요하면서 제대로 보호하지 않는다. 아니, 아예 사법적 관점에서 신경도 쓰지 않는다.

"후우."

"좋은 소식은 아니구나."

방송을 보던 노형진의 아버지도 불편한 얼굴이 되었다.

"요즘 세상이 왜 이러는지, 원. 진짜 이민을 가야 하나."

돈이 있으면 살기 좋은 곳이 한국이라고 한다. 그리고 이제는 명실상부하게 부자의 반열에 오른 두 사람이다. 땅을 판 돈으로 성공적이었던 해외 영화에 투자해 연전연승하면서 한국 영화계의 미다스의 손이라 불리고 있으니 말이다.

하지만 서민이었던 이들은 이런 사실이 불편하기만 했다.

"형진아, 저런 경우는 어떻게 되느냐?"

"보통은…… 징역형인데……."

미성년자가 대부분이니 소위 말하는 소년원에 가는 게 정상이다. 하지만 힘을 가진 그들의 부모들 때문에 결국 누구도 처벌받지 않았다. 아니, 누구도 처벌하지 않았다.

"쯧쯧."

노형진은 그걸 보다가 결국 마음을 굳혔다. 어차피 저들은 거의 처벌받지 않는다. 형사사건에서 피해자 측은 아무런 권한이 없다고 봐도 무방할 정도다.

'하지만…… 이번에는 그렇게 넘어가지 않겠어.'

심지어 강간범을 옹호하던 여자가 경찰이 될 정도로 썩어 빠진 사태였다.

"형진아, 어딜 가니?"

"아, 어디에 좀 전화하려고요."

"전화?"

"네."

"이 시간에 어딜?"

"좀 그럴 곳이 있어요."

저쪽에서 법을 주물럭거려서 처벌받지 않을 자신이 있다면 그는 다른 방법을 쓰면 되는 것이다.

"여보세요? 접니다. 바쁘신가요?"

전화기 너머에서 들리는 목소리. 평소라면 그의 힘을 빌리는 것을 주저하겠지만 이번은 아니었다.

"도움이 필요합니다."

노형진은 당당하게 말했다.

⚖

"나도 그 뉴스는 봤네. 어이가 없더군."

유민택은 노형진과 독대하고 있었다. 이번에 벌어진 사건을 보고 어이가 없다 못해 할 말이 없었던 것이다.

"그래, 자네가 봐서는 어떤가?"

"아마도 처벌받지 않을 겁니다."

"확신하나?"

"네."

"역시 자네도 그렇게 생각하는군."

유민택은 호기심에 회사 내 법무 팀에 물어봤다. 과연 이 사건이 어떻게 끝날 것인가라는 점에서 말이다.

장난삼아 한 질문이었지만 대기업 회장이 관심을 가진 것이기에 법무 팀은 제대로 조사했는데 그 결과 처벌하지 않음으로 흘러갈 가능성이 높다는 결론을 내놓았다.

"부모들이 지역의 유지들입니다. 더군다나 검찰에도 그들과 친한 사람들이 포진해 있지요."

"그래도 무죄는 아니지 않은가?"

"무죄까지는 안 나옵니다. 하지만 기껏해야 집행유예, 아니면 선고유예로 끝나겠지요."

마흔 명 중 제대로 감옥을 간 사람은 없었다. 그건 노형진이 확실하게 기억하고 있는 사실이었다. 감옥에 간 사람도 나중에 별의별 핑계를 다 대면서 풀려났다.

결과적으로 국민들이 분노하든 말든 그 순간만 지나면 된다는 식으로 대처한다는 사실을 알게 된 사건이었다.

"그런데 그런 사건을 가지고 날 만나러 온 걸 보니 할 말이 있는 것 같네만?"

"새론에서 그 아이를 도와줄 겁니다."

"새론에서?"

"네."

"하지만 변호사는 별로 할 일이 없지 않나?"

일단 경찰에 신고하는 순간, 모든 것은 경찰과 검찰의 소관이다. 변호사라는 존재가 해 줄 수 있는 일은 없다.

"검찰은 일을 하지 않을 겁니다."

"그렇겠지."

노형진이 봤을 때 기소권을 검찰에 독점한 것이 문제였다. 그렇지 않았다면 서로 눈치를 보면서 이런 못된 장난은 하지 못했을 것이다. 하지만 검찰이 기소권을 모두 가지고 있으니 그들에게 막대한 뇌물을 먹여 누구도 처벌받지 않을 수 있었던 것이다.

"그럼 자네는 어쩔 생각인가?"

"우리 방식대로 싸울 겁니다. 재판이라는 것은 실내가 아닌 실외에서도 벌어지는 것이니까요."

"그럴 이유가 있나?"

의뢰인도, 서로 알고 있는 사이도 아니다. 도와줄 이유도, 그쪽에서 자신들을 고용할 돈도 없다.

"도움이 필요하니까요."

"그런 이유로?"

"그런 이유이기 때문에 도와주는 겁니다. 돈이 없고 힘이 없다는 이유만으로 도움을 받지 못하는 사람들을 도와주는 게 변호사니까요."

"흠."

노형진의 말에 유민택은 다른 생각을 하는 듯했다. 사실 사업가인 그가 이런 사건에 나서 봐야 의미가 없다.

물론 노형진의 이상을 모르는 것은 아니지만 도움이 되지 않는다면 그런 건 의미가 없는 행동일 뿐이다.

"그거야 자네가 알아서 할 일이지만 왜 날 찾아온 건지 모르겠군."

"계약을 지키려고 하는 겁니다."

"계약?"

"지난번에 증인을 빼돌려 주는 조건으로 도움이 될 만한 일을 해 달라고 하지 않으셨습니까?"

"그거야 그렇지."

"그 도움을 드리려고 하는 겁니다."

"그 도움을?"

"그렇습니다."

"왜?"

"제가 그 아이를 도와주는 것은 법률적인 과정입니다. 하지만 그 아이가 재기하기 위해서는 돈이 필요하지요."

"돈을 달라는 건가? 그게 나한테 무슨 이득이 된다는 거지?"

"돈이 아닌 지분이 필요합니다."

"지분?"

"그렇습니다. 이번에 대룡에서 우유 사업 쪽에 손을 내민 걸로 알고 있는데 아닙니까?"

"그렇지."

성화가 하는 우유 사업과 싸우기 위해서 대룡은 우유 산업에 발을 내디뎠다.

원래 역사에서는 전혀 상관이 없는 분야였지만 오로지 성화를 죽이기 위해서 그런 것이다. 하지만 점유율이라는 것이 쉽게 뒤집히는 것은 아니다.

점유율을 믿고 대기업들이 행패를 부릴 수 있는 것은 그 점유율이 미래의 소비율과도 비슷하기 때문이다.

"그 우유 사업에 도움을 드리고자 합니다."

"그게 무슨 의미지?"

"이번 사건에 대해서 가장 분노하는 사람이 누구인 것 같습니까?"

"응?"

그 말에 잠시 침묵을 지키는 유민택.

온 국민들이 분노하기는 하지만 딱히 누군가 분노한다고 특정하기는 힘들다. 그쪽으로는 아는 게 아니니까.

"잘 모르겠군."

"이런 사건들이 터지면 가장 두려워하고 분노하는 것은 다름 아닌 어머님들입니다."

"어머니라……. 하긴 그도 그렇군."

특히나 딸을 가진 어머니들은 이런 사건이 터졌을 때 엄청나게 불안해하기 마련이다. 자신이 여자이기에 여자라는 이유로 얼마나 피해를 보는지, 이 나라가 강간범에게 얼마나 관대한지 알기 때문이다.

"그걸 노리는 겁니다."

"그걸 노린다고?"

"네, 어차피 우유 사업을 홍보하려면 막대한 비용이 들어갑니다. 하지만 우유 사업은 개인적으로 파는 양보다 매일같이 공급되는 것이니 대량 공급을 노리는 게 유리합니다."

"그렇지."

"그리고 이번 사건으로 모든 국민들의 시선은 이곳으로 쏠려 있지요."

"그거랑 우유 산업과 무슨 관계가 있다는 건가?"

"적의 적은 아군이니까요."

"적의 적은 아군?"

낯선 말에 유민택은 고개를 갸웃했지만 노형진의 설명을 듣고는 무릎을 탁 쳤다.

"그런 방법이 있군!"

"어떻습니까?"

"이번에도 자네에게 놀아나는 것 같기는 하네만⋯⋯."

"놀아나는 게 아닙니다. 기브 앤드 테이크죠."

맞는 말이다. 기브 앤드 테이크. 노형진은 확실한 홍보 전략을 알려 줬고 유민택은 그 대신에 노형진이 하고자 하는 일에 힘을 실어 준다.

대룡으로서는 성화에게 엿을 먹일 수 있어서 좋고 노형진은 대기업이 자신을 밀어 주니 유리해진다.

'더군다나 이번에는 더더욱 필요한 힘이다.'

그의 기억이 맞는다면 저쪽은 지역 연합이라는 이름하에 해당 지역 유지들, 심지어 구청장의 아들까지 끼어 있는 집단이다. 원래 사건에서도 그러한 뒷배경 때문에 제대로 수사가 진행되지 않았다.

막말로 해당 지역에서 피해자 편이 아무도 없었다. 아버지라는 인간조차 버리고 도망쳤다가 나중에 나타나서 다짜고짜 합의금을 받은 뒤에 도망쳤기 때문이다.

물론 합의금을 준 범죄자들은 친권자에게 돈을 줬다는 이유로 처벌도 받지 않았다.

"좋네. 기브 앤드 테이크."

퍼주는 것도 아니고 주고받는 게 확실하다면 유민택으로서는 거절할 이유가 없었다.

⚖️

다음 날.

유민택, 아니 대룡우유에서는 생각지도 못한 정책을 발표했다.

"대룡우유에서는 안전한 세상을 위한 기부금을 조성하기로 했습니다. 대룡우유에서는 우유 판매금의 일부를 우리아이안전기금으로 만들어 소비자들의 안전을 위한 정책의 운영 자금으로 운영하고자 합니다. 즉, 평소 대룡우유를 소비해 주신 소비자가 어떠한 사건으로 인하여 억울한 처지에 처했을 경우, 대룡에서는 안전 기금을 이용하여 법률적인 지원을 하고자 하는 것입니다."

사람들은 깜짝 놀랐다. 설마 그런 발표를 할 거라고는 생각하지 못했던 것이다. 물론 이는 노형진의 어드바이스였다.

지금은 아이들에 대한 걱정과 공포가 가득한 시점이다.

다시 말해서 이런 걸로 자극을 주면 상당한 수의 사람들의 마음이 이쪽으로 기울 거라는 계산이었다.

"이를 증명하기 위해 우리 대룡에서는 이번에 새론 법무법인을 고용하여 이번 사태의 피해 아동을 보호하고자 합니다. 비록 우리 우유를 소비해 준 적이 없다곤 하나 아이들의 미래를 꿈꾸는 대룡우유에서 작은 사항에 연연할 이유는 없다고 생각합니다."

"그럼 선임이 이미 끝난 상황입니까?"

"그렇습니다. 현재 새론에서는 보호를 위한 준비를 하고 있습니다."

지금까지 우유 홍보라고 하면 기껏해야 자전거나 장난감

을 주는 것이었다. 성화에서는 그 방법으로 빠르게 성세를 확장해서 순식간에 타 기업의 자리를 빼앗았다.

그런데 생각지도 못한 대룡의 방식이 사람들의 마음을 들불처럼 일어나게 했다.

"여보! 우리, 우유 바꿀까 봐."

"응? 왜?"

남편은 아내의 말에 고개를 갸웃했다.

"아니, 그냥 요즘 너무 불안하잖아. 그래서 성화우유에서 대룡우유로 바꾸려고."

"뭔 차이가 있다고?"

"차이야 크지."

"아니, 우유는 그게 그거잖아."

"우유야 그렇다 쳐도 우리 딸의 안전은 걱정해야 하잖아."

"하긴…… 요즘 뒤숭숭하더라."

워낙 일이 큰 데다가 대놓고 해당 지역에서 처벌할 생각이 없는 모습을 보이고 있었기에 경찰과 정부에 대한 심각한 불신에 빠진 어머니들은 조금이라도 안전을 확보할 수 있는 방법을 찾고 있었다. 그러니 만일의 사태 발생 시 소송을 도와주겠다는 대룡은 참으로 고마운 존재가 아닐 수 없었다.

"어차피 자전거 그거, 타고 다니기나 해?"

"끄응…… 그건 그래."

자전거를 준다고 해서 성화우유로 바꿨지만 그렇게 사은

품으로 받은 자전거는 진짜 말도 못 할 정도의 불량품이었
다. 그래서 자리만 차지한 지 오래.

"그러니까 대룡으로 바꾸자."

"그럴까?"

안 그래도 아이를 키우다 보면 걱정이 많아지는 게 현실이
다. 더군다나 소송 한번 하려면 수백만 원은 우습게 나가는
나라다. 그렇다 보니 걱정이 많아지는 것이다.

물론 가해자가 아닌 피해자일 경우에만 도와준다는 조건
이 있지만 그건 어차피 당연한 말이다. 누구도 가해자를 도
와주는 건 원하지 않으니까.

그리고 대룡의 입장에서도 손해 보는 게 아니다. 어차피
피해자의 입장에서 변호사가 해 줄 건 별로 없다. 하지만 경
찰의 입장에서는 대룡이 끼었다는 사실만으로도 한쪽이 유
리하게 장난치지 못한다.

즉, 대룡에서 막대한 변호사비를 내야 하는 것은 아니라는
뜻이다.

"그래, 바꾸자."

그렇게 우유를 바꾼 그녀는 다음 날 어머니 회의에 참석했
다. 그리고 오늘의 주제는 다름 아닌 우유 공급 업체의 변경.

"학교에 건의해 우유를 성화에서 대룡으로 바꿔야 한다고
생각합니다."

집에서 따로 우유를 먹이는 가정도 있지만 학교를 통해 먹

이는 가정도 있기 마련이다. 그런데 대부분의 경우 후자를 선호한다. 그럴 수밖에 없는 게, 그게 훨씬 가격이 싸기 때문이다. 게다가 대롱에서는 그런 아이들 역시 보호의 대상으로 넣는다고 했기 때문에 어머니회에서는 강력하게 우유 회사를 대롱으로 바꾸기를 요구하기 시작했다.

"저기, 우유는 그게 그거라서 딱히……."

성화우유에서 막대한 뇌물을 받아먹던 교장은 어떻게 해서든 이걸 막고 싶었다. 하지만 요구하는 학부모가 한두 명도 아닌 상황에서 일일이 설득할 수도 없는 데다 명분에서 밀렸다.

성화는 그에게 뇌물을 줄 뿐 학생들에게는 혜택을 일절 주지 않았는 데에 반해 저쪽에서는 그에게 뇌물을 주지 않을 뿐 학생들에게는 혜택을 주니까.

"왜 거부하시는 거죠?"

"네?"

"요즘 인터넷에서 이상한 소문이 돌더군요. 학교에서 우유를 바꾸지 않으려고 하는 이유가 성화우유에서 교장과 교감에게 뇌물을 줘서라고. 설마 교장 선생님, 뇌물을 받으신 겁니까?"

공격이 들어오자 교장은 할 말이 없었다.

"그…… 그럴 리가요? 그런 거 전혀 없습니다."

일단 부정했지만 한번 시작된 의심은 막을 수가 없었다.

"그런데 왜 바꾸지 못하시겠다는 거죠?"

"아니, 바꾸지 못한다기보다는……."

"그럼 바꿔 주세요."

"맞아요! 바꿔요!"

교장은 그 말에 한숨을 쉬었다. 아무래도 바꾸지 않을 수가 없을 것 같았다.

"네, 바꾸겠습니다."

같은 시각, 노형진은 차를 타고 경찰서로 향하고 있었다.

"대룡에서는 아주 대박 났다고 좋아하더라."

"그래요?"

"그래, 벌써 점유율이 15%까지 치고 올라갔다던데?"

송정한은 미소 띤 얼굴로 대답했다.

노형진이 뭔가를 가지고 딜을 했다고 들었는데 아니나 다를까, 전혀 생각하지 못한 방식으로 접근한 대룡 덕분에 이제 막 론칭해서 고작 2% 미만이던 대룡우유의 점유율이 가파르게 치고 올라가고 있었다.

"성화우유 주식 한번 보세요. 나락입니다. 나락."

대룡의 주요 타깃이 성화인 걸 모를 사람들이 아니었기에 결국 떨어지는 것은 성화우유의 주식뿐이었다. 결과적으로 노형진은 약속을 지킨 것이다.

"그나저나 진짜로 우리가 할 게 있을까?"

"그러게 말입니다. 우리나라는 피해자 측을 철저하게 배

제시켜 버리잖아요."

"재판 없는 변호사라……. 거참, 생소한 일이네."

심지어 송정한까지 걱정스럽게 말했다. 하지만 노형진의 생각은 달랐다.

"그렇기 때문에 우리가 자리를 만들어야 한다고 생각합니다."

"그렇기 때문에?"

"가해자는 국선변호인도 있고 또 수많은 인권 단체가 보호해 줍니다. 심지어 얼굴 공개조차도 인권에 반한다고 못하게 하는 게 한국입니다. 그런데 피해자 인권을 챙기는 곳은 어디에 있습니까?"

"음……."

없다, 단 한 곳도.

물론 정부에서 어느 정도 챙겨 준다고 하지만 말뿐이다. 실제로 범죄 피해자가 배상금을 받지 못하는 경우, 국가에서 일부 피해를 보상해 주는 제도가 있기는 하지만 말 그대로 유명무실한 제도다. 아는 사람도 거의 없거니와 그걸 신청하면 나가는 예산이 많아진다는 이유로 경찰이나 검찰도 안내해 주지 않기 때문이다.

"하지만 사건에서 가장 억울한 사람들은 피해자죠."

"그렇지."

가해자가 아무리 억울해 봐야 피해자보다 억울할 수는 없는 노릇이다.

"그러니 우리가 피해자에 대한 지원 시스템을 만들어 둔다면 어떤 일이 벌어질까요?"

"당연히……."

송정한은 엄청난 사건이 몰려올 거라 생각했다. 하지만 다른 사람은 다른 생각을 했다.

"우리가 과로사하겠지."

순간 흐르는 침묵. 그리고 송정한은 인정할 수밖에 없었다.

"맞네. 우리가 과로사하겠네."

"하하하하."

노형진은 웃었지만 그 말을 꺼낸 사람인 남상주 변호사의 말은 결코 농담이 아니었다.

⚖️

"거참, 이런 건 그냥 조용히 처리하지. 내 고향이 여기인데 너 같은 년이 우리 고향 물을 흐리는 거야. 알아?"

경찰의 말에 조사받던 아이는 고개를 푹 숙였다.

자신은 피해자다. 그런데 경찰이 자신에게 이런 말을 할 거라고는 생각도 못했다.

"하여간 요즘 애들은 발랑 까져서는……. 먼저 꼬리를 쳤으면서 무슨. 솔직히 말해서 그렇잖아? 너도 즐겼으면 된 거지."

경찰이 더욱 노려보면서 말하려는 찰나, 작은 소녀의 등 뒤에 나타나는 한 무리의 사람들.

"오케이. 여기까지 하죠."

"뭐야?"

경찰은 갑자기 나타난 무리를 보고 깜짝 놀랐다. 노형진은
그에게 변호사증을 내밀었다.

"새론에서 나왔습니다."

"새론?"

"벌써?"

주변 경찰들이 깜짝 놀란 것 같았는데 정작 그 본인만 모
르는 모양이었다.

"몰랐어? 대룡에서 새론을 고용해서 소송을 대리해 주기
로 한 거?"

"뭐라고?"

수사하던 담당 수사관은 깜짝 놀랐다. 새론은 모를 수 있
지만 한국에 살면서 대룡을 모를 수는 없기 때문이다.

"무태식 변호사, 당장 소장을 작성해서 접수하세요. 죄목
은 업무상 배임 및 모욕과 명예훼손입니다."

"네."

무태식은 바로 자리 잡고 앉아서 노트북으로 소장을 작성
하기 시작하자, 그걸 본 경찰들은 깜짝 놀랐다.

"잠깐만요? 누구를 고소한다는 겁니까?"

"누군지 모르지는 않으실 텐데요?"

"으헉!"

당연히 지금 수사한답시고 작은 소녀를 겁박하고 있던 경찰이었다.

"경찰 내부의 처리 지침조차 고지하거나 지키지 않고 일을 처리했으니 업무상 배임에 해당될 뿐만 아니라 허위 사실을 유포하고 피해자를 모욕했습니다. 그 각오를 하고 시작한 거 아닌가요?"

"아니…… 그게 아니라…… 전…… 그냥…… 그게 고향을 사랑하는 마음에서……."

"걱정하지 마세요. 그 고향을 사랑하는 마음을 충분히 알고 있습니다. 그러니 고향을 사랑하는 마음이 널리 알려질 수 있도록 해당 사실도 언론에 공개할 겁니다."

"자…… 잠깐만요!"

그렇게 되면 자신은 사회적으로 매장당한다. 물론 냄비 근성이라 금방 시간이 지나면 잊히겠지만 상대방은 새론이다. 그리고 새론에 냄비 근성이라는 게 없다는 사실은 익히 알려져 있다.

"일단 민사소송도 진행할 테니까 그렇게 알고 계시고."

"한 번만…… 한 번만 봐주십시요!"

"아닙니다. 어찌 자기 고향을 사랑하는 이런 지극한 마음을 모른 척하겠습니까? 그러니까 널리 알려 드릴게요."

노형진은 이를 빠드득 갈면서 그를 노려보았다.

그는 가해자 부모들과 인맥으로 연결된 경찰로 사건을 주
도적으로 수사한 인간이었다. 또한 피해자를 모욕하고 몰아
붙여서 가해자에게 유리한 진술을 받아 냈으며 그 결과 사건
이 축소되는 가장 큰 단초를 만들었다.

　"그리고 남 변호사님은 민사 소장을 준비해 주시구요. 민
변호사님은 경찰에 담당 수사관 교체 신청을 내주시기 바랍
니다."

　순식간에 벌어진 일에 다들 멍하니 새론을 바라보았다. 기
껏해야 한 명이나 올까 했던 일인데 변호사가 무려 다섯 명
이나 온 것이다.

　"송 변호사님은 바로 언론 발표를 준비해 주시고요."

　"이보시오! 잠깐만! 아직 정식으로 도와주기로 한 것도 아
니잖소!"

　다급한 경찰이 황급하게 소리를 질렀다. 설마 변호사들이
이렇게 들이닥칠 거라 생각하지 못했던 것이다.

　"그래요?"

　노형진은 비웃음이 나왔다. 가해자들의 편을 들어 줄 때는
낄낄거리다가 피해자를 편들어 주는 사람이 나타나자 기겁
하는 걸 보니 그 수준이 빤히 보였다.

　'아이야.'

　노형진은 그녀의 손을 잡았다. 그러고는 똑바로 그녀의 눈
동자를 바라보았다.

"도움이 필요하니? 그렇다면 우리가 도와주마."

그 말에 그 아이는 격하게 눈물을 흘리면서 고개를 끄덕거리기 시작했다. 사건을 신고하고 난 후 주변에는 모조리 적뿐이었다. 자신의 편은 어디에도 없었다.

그런데 자신을 도와주겠단다.

그것도 조건 없이.

"자! 이제 된 것 같군요."

"그…… 그런 게 어디 있소! 이건 무효요. 이 아이는 미성년자 아니오!"

그 말에 주변을 둘러보는 노형진. 그러고는 다시 그 남자를 바라보았다.

"당신 누굽니까?"

"나? 여기 강력반 반장이요."

"그래요?"

"그렇소."

"그럼 미성년자인 걸 아시는 분께서 미성년자가 보호자 없이 조사받도록 그냥 뒀단 말입니까?"

"헛!"

설마 항의하려고 한 말이 자기 목줄을 조일 거라 생각하지 못한 반장은 깜짝 놀랐다.

'그럴 줄 알았다.'

이 문제는 단순히 강간범과 피해자의 문제가 아니다.

한 집단, 한 지역이 고작 한 여자아이를 죽이려고 거품을 물고 달려드는 상황이다. 그러니 기본적인 규칙이 지켜질 리가 없다.

"미성년자를 보호자의 동석 없이 조사하는 행위는 불법입니다. 지금까지 그쪽에서 조사한 모든 사항은 위법성의 존재로 인해서 재판에서 인정받기 힘들 테니까 다시 조사하는 게 좋을 겁니다."

원래 경찰이나 검찰에서 수사할 때 위법하게 얻는 증거는 그 효력을 가지지 못한다. 그렇지만 경찰이나 검사는 그걸 말하지 않는다.

"그건……."

애써 가해자 측의 입맛에 맞게 조사해 놨는데 그게 다 쓸모가 없게 되었다니.

"제출하려면 제출하시든가요. 하지만 이번 사건은 기본적으로 피해자의 정보를 제외한 모든 정보의 공개를 기반으로 하고 있으니까 각오하시죠."

"……."

누가 어떤 조사를 어떻게 했는지, 그 내용이 뭔지, 노형진은 모두 언론에 공개할 예정이었다.

전에는 경찰에서 무조건 수사 중이라 말할 수 없다고 딱 잡아떼는 바람에 제대로 수사가 진행되지 않아 대부분이 집유와 특사로 석방되었기 때문이다.

"이거, 수사 방해입니다."

반장은 억울한지 한마디 했다. 하지만 그게 도리어 노형진의 심기를 건드렸다. 그들이 제대로 수사했다면 이런 일은 벌어지지 않았을 것이다.

자기 고향을 위한다는 이유 하나만으로, 그리고 자기 동네 지역 유지의 자제들이란 이유만으로 멀쩡한 피해자를 가해자처럼 몰아붙인 주제에 말이다.

"수사 방해?"

노형진은 코웃음을 치면서 그에게 다가갔다.

"이게 수사 방해라고 생각합니까?"

"뭐…… 뭐요? 왜 이래요?"

노형진의 몸에서 뿜어져 나오는 카리스마에 그는 주춤주춤 뒤로 물러났다.

서울처럼 살벌한 동네도 아니고 시골에서 수사반장입네 하면서 모가지에 힘주고 거들먹거리며 다닌 그로서는 조폭부터 살인마까지 수많은 범인들을 대적해 온 노형진의 카리스마를 이길 수가 없었다.

"제대로 한번 수사 방해해 볼까요? 그런데 그건 수사 방해가 아니라 인생 방해가 될 텐데?"

"그……."

"당신 같은 인간들? 내가 잘 알지. 약자에게 강하고 강자에게 약하지. 그리고 이번에는 우리가 강자야. 어떻게 길지는 내가 한번 두고 볼게."

"그, 그, 그……."

분명 반말로 바뀌었지만 수사반장은 아무 말도 하지 못하고 시선을 돌릴 뿐이었다.

"어디 한번 덤벼 봐. 내가 금이빨 빼고 모조리 씹어 먹어 줄 테니까."

어떤 영화의 대사를 인용하는 노형진의 모습에 반장은 찍소리도 할 수가 없었다.

⚖️

"의외네."

"뭐가요?"

"노 변호사가 이렇게 강하게 나가는 모습은 처음 봤어."

노형진의 스타일은 부드러운 타입이다. 휘청휘청하다가 결정적인 순간에 타격을 입히는 갈대 같은 스타일이지, 이렇게 아주 강하게 나가는 스타일은 아니었다.

"그건 상대방이 말이 통할 때나 그렇지요."

"그런가?"

"아마 우리는 역대 최고로 적대적인 환경에서 일해야 할 겁니다. 좋게 말해서 될 지역이 아니에요."

"그 정도야?"

"심각합니다."

시골이라는 곳이 텃세가 심하다 보니 끼리끼리 뭉치기 마련이다. 좋게 말하면 정이 있다고 말할 수 있지만 그게 범죄랑 결탁하게 되면 골 때리게 되는 것이다.

"송 변호사님도 해 봐서 아시잖아요?"

"하긴."

송정한도 경험해 봤기에 안다는 듯이 고개를 끄덕거렸다.

노예 사건의 경우에도 아무래도 재판에 들어가면 주변에서 어느 정도 증언해 줘야 하는데 시골이라는 특성상 너도나도 입을 꾹 다물거나 거짓말하기 일쑤였다.

그나마 거짓말하면 위증제로 잡아넣기라도 하지, 아예 입을 다물면 속이 터질 지경이었다.

"이건 그것보다 훨씬 더 큰 문제입니다. 개인이 아니라 이 지역의 지역 유지라고 할 만한 녀석들은 다 끼어들 겁니다. 솔직히 이제 우리는 한 지역의 공동체와 정면 대결하는 수준의 싸움을 해야 한다고 봐야 합니다."

"쉽지는 않겠군."

"이럴 때는 우리가 휘어지면 안 됩니다. 수적으로 불리하니까요. 저쪽에서 부담을 느낄 만한 건 다 해야 합니다."

송정한은 고개를 끄덕거렸고 남상주 변호사는 한숨으로 물었다.

"도대체 왜 이런 일이 자꾸 생기는 건지."

아니, 질문이라기보다는 한탄에 가까운 것이리라.

"그럼 일단 뭐부터 할까?"

"일단은 정식으로 사무실을 얻어서 준비합시다. 임시로 여기에 있다고 해서 여관에서 쭉 일할 수는 없지 않습니까?"

"그러도록 하지."

노형진이 사무실을 얻고 나서 한 일은 다름 아닌 범인의 신분 공개였다.

'이번에는 그 꼴 못 본다.'

회귀 전, 경찰에서 사력을 다해 범인들의 신상을 감추는 바람에 범인들은 그런 범죄를 저질렀다는 사실이 알려지지 않은 채로 태연히 대학에 가거나 경찰이 되거나 대기업에 입사하는 등 성공한 삶을 살았다.

부모들이 가진 자라는 이유 하나로 말이다.

"이거, 너무 부담스러운 짓 아닌가요?"

무태식은 인터넷에서 무섭게 올라가는 강간마 신상이라는 단어의 조회 수를 보고 걱정스럽게 말했다.

"저쪽에서 고소하면 어쩔 겁니까?"

"이쪽에서는 공익이라고 주장하면 됩니다. 상대방은 그냥 강간범도 아니고 집단 강간범입니다. 공익 요건에 성립됩니다."

명예훼손이라고 할 수도 있겠지만 그 목적이 공공의 이익을 위한 경우라면 현행법상 처벌 대상이 아니다.

"그리고 진다고 해 봐야 고작 벌금 몇천이겠지요. 이럴 때

쓰려고 우리가 열심히 돈 번 거 아닙니까?"

"하하하…… 하긴. 속이 시원하기는 하네요."

이름과 신분 그리고 사진까지 인터넷에 공개되었으니 이 강간범들은 어디에서든 절대 행복한 삶을 살기 힘들 것이다. 아니, 그렇게 둘 생각도 없었다.

"야! 노형진!"

그 순간 임시 사무실 안으로 박차고 들어오는 남자. 그의 얼굴에는 엄청난 분노가 가득했다.

"누구십니까?"

"이 새끼가 선배한테 누구십니까?"

"선배?"

"크흠…… 이번 사건의 담당 검사입니다."

"아아."

검사. 선배라면 선배라고 할 수 있다. 똑같은 사법연수원 출신이니까.

'그게 뭐 어떻다고?'

그런 식이면 판사도, 검사도, 변호사도 모두 사법연수원 출신이다. 모두 선후배다. 근데 그렇게 보면 어떻게 법을 집행한단 말인가?

"그런데 어쩐 일이십니까?"

"지금 네가 무슨 짓을 했는지 알아?"

"제가 뭘요?"

"왜 개인의 정보를 인터넷에 공개하는데?"

"사회적 안전망을 위한 거 아니겠습니까?"

"사회적 안전망?"

"마흔 명이나 되는 집단 강간범이 당당히 거리를 활보하는 상황에서 처벌이 미뤄지고 있는데, 딸을 가진 사람들이 얼마나 불안하겠습니까?"

"너…… 이 새끼! 쟤들이 누군 줄 알고!"

"잘 알지요. 강간범들 아닙니까?"

"너 이 새끼, 죽고 싶어?"

다짜고짜 노형진의 멱살을 잡는 검사. 노형진은 멱살이 잡힌 채로 그를 내려다보며 그의 기억을 읽었다. 짧은 시간이었지만 그가 왜 이렇게 분노하는지 아는 데에는 충분했다.

"검사장 자리가 그렇게 탐나십니까?"

"뭐?"

"수습의 대가로 검사장 자리를 받기로 했다면서요?"

"어……."

검사는 말을 하지 못했다. 철저하게 기밀을 지킨다고 생각했는데 노형진이 그걸 알아 버린 것이다.

"고작 그 뒷배경으로 우리를 겁주려고 여기까지 온 겁니까?"

"무…… 무슨 소리야?"

"우리가 총력전이라고 할 때에는 그게 무슨 뜻인지 정확히 알고 오셨어야지요."

노형진의 말에 자신도 모르게 멱살을 놓고 주춤주춤 물러나는 검사.

확실히 새론에서 이번 사건에 총력을 기울이겠다고 하기는 했다. 하지만 그건 언론에서나 나오는 그저 그런 수식어라 생각했는데.

"일단 당신 커리어랑은 바이바이하세요."

"뭐?"

노형진은 손가락으로 위쪽으로 가리켰다. 그리고 그곳에는 잘 보이지 않는 위치에 카메라 한 대가 매달려 있었다.

"현 사건을 담당하는 검사가 상대방 변호사의 사무실에 들이닥쳐서 변호사를 폭행한 걸 보면 과연 언론에 뭐라고 나올까요?"

"자…… 잠깐…… 그게 무슨 소리야? 난 폭행한 적이…….""

"검사가 판례도 안 보십니까? 멱살을 잡는 것도 폭행입니다."

"큭!"

맞는 말이다. 폭행이라는 게 주먹을 휘두르거나 발로 차는 것만 폭행인 게 아니다. 상대방에게 신체적 위해를 가하려는 목적인 모든 것이 폭행이며 판례상 멱살을 잡는 행위 역시 폭행에 속한다.

"너…… 고소한다고 하는 것도 협박이야!"

검사답게 빠르게 벗어날 길을 찾는 그였다. 하지만 노형진에게는 한낱 애송이에 지나지 않았다.

"엄밀하게 말하면 고소한다고 겁주면서 뭔가를 받아 내려고 하는 것이 협박이죠. 하지만 말입니다. 애초에 그쪽에서 받아 낼 것도 없고 또 합의 의사가 아니면 그건 협박이 아닙니다. 사실의 통지에 지나지 않지요."

즉, 노형진은 검사와 합의할 생각도, 비정상적 거래를 할 생각도 없다는 뜻이었다.

"자…… 잠깐!"

검사는 마음이 다급해졌다. 욱하는 마음에 쫓아오기는 했지만 설마 이 짧은 시간에 카메라까지 달아 놨을 거라고는 생각하지도 못했다.

"사무실에서 퇴거해 주십시오. 사건 당사자인 검사와 변호사가 같은 공간에 있는 건 좋아 보이지 않습니다."

"그…… 그러지 말게, 노 변호사. 우리는 동문 아닌가."

다급한 마음에 어떻게 해서든 노형진의 마음을 돌리려고 하는 검사.

"그런 식으로 보면 우리나라 판사, 검사, 변호사 중 동문 아닌 사람이 어디 있습니까?"

"이보게…… 한 번만 봐주게."

"다시 한 번 말씀드립니다. 나가 주십시오."

"그러지 말고 차근차근 이야기해 보게. 이번 일이 좋게 해결되는 것이 자네에게도 좋은 것 아닌가?"

"좋습니다."

그 말에 얼굴이 환해지는 검사. 하지만 그다음 말은 그를 나락으로 밀어 넣었다.

"퇴거해 달라는 요청에 응하지 않으셨으니까 정식으로 주거침입으로 고발하겠습니다."

"뭐라고?"

"주거침입 말입니다."

"이봐."

"제가 틀린 말을 했나요?"

아니다. 만일 주인이 나가 달라고 했는데도 나가지 않는다면 그건 명백하게 주거침입에 해당된다.

그리고 그걸 안 검사는 사색이 되었다.

"내일 기사를 기대하세요."

"노 변호사!"

"무 변호사님, 당장 경찰 부르세요. 주거침입 현행범에 대한 체포를 요청하십시오."

그 말에 검사는 절망이 뭔지 느꼈다.

⚖

다음 날.

담당 검사가 피해자 변호사의 사무실에 들이닥쳐 폭행을 가하다가 잡혀 갔다는 사실이 온 언론을 떠들썩하게 만들었다.

안 그래도 경악하고 있던 국민들은 검사가 폭행해서 사건을 무마하고자 할 정도라는 사실에 도대체 선이 어디까지 닿아 있는지 관심을 가지게 되었고, 그렇게 사건은 점점 커져 갔다. 그리고 그때마다 부담을 느끼는 것은 다름 아닌 가해자들의 변호사였다.

"말이 안 통합니다."

"그래요?"

"네, 새론이라는 곳…… 아무래도 우리에게는 부담스러운 상대입니다."

그들도 대형 로펌이라고 하지만 대룡의 지원을 받는 새론에 비하면 여전히 부족한 부분이 있다.

더군다나 새론 혼자서만 끼어든 것이 아닌 대룡에서 기업 차원의 지원을 하고 있는 판국이라 제어할 수가 없었다.

"사건 은폐도 안 됩니까?"

"그게 무리입니다. 우리가 하는 것 이상으로 대룡에서 손 쓰고 있습니다."

"끄응……."

자신들은 사건을 감추기 위해 어떻게 해서든 언론에 뇌물을 찔러 주고 사건의 전달을 감추려 했다. 하지만 그것 이상으로 대룡이 더 많은 혜택을 주기 때문에 기자들이 들어 먹지 않았다.

"도대체 왜 이러는 겁니까?"

"모르겠습니다."

그들로서는 이해할 수가 없었다. 자신들이 봤을 때 피해자는 자신들이었다. 꼬리를 친 건 그년이라고 생각하니까.

"일단…… 최대한 여기저기에 손쓰고 있긴 한데…….."

"부탁드립니다."

"법원 쪽은 저희가 어떻게 할 수 있겠지만…… 언론 쪽은……."

"아버님들이 나서서 좀 도와주셔야 할 것 같습니다."

"무슨 수로 말입니까?"

"법 쪽으로는 이빨도 안 먹히니 다른 쪽으로 한번 압력을 넣어 봐야지요."

변호사의 말에 누군가가 고개를 끄덕거렸다.

"제가 아는 사람이 있으니 한번 이야기해 보겠습니다."

⚖️

다음 날, 노형진은 그들이 보낸 그 손님이라는 작자를 만날 수 있었다.

노형진은 고개를 절레절레 흔들었다.

"시장님은 왜 오신 겁니까?"

"노 변호사님, 아무리 그래도 지역 시민들을 위해서 조금 양보해 주셨으면 합니다."

"지역 시민들을 위해서요?"

"네, 이 지역이 자꾸 안 좋은 쪽으로 언론에 나가다 보니 지역 경제도 죽고 지역 이미지도 좋아지지 않는 부분도 있다 보니. 이번 사건에 대해서는 저도 공분을 감추지 못하지만 그래도 지역의 발전과 시민들의 안녕을 위해서……."

그 후로도 잡설이 길었지만 결과적으로 말해서 지역이 안 좋은 일로 언론에 자꾸 나가는 건 지역적으로 문제가 되니 최소한 언론 플레이는 멈춰 달라는 것이다.

'웃기네.'

하지만 그 이면을 모를 노형진이 아니었다. 저쪽에서는 지역의 이름이 더러워지는 걸 말하고 있었지만 실상은 더 이상 가해자들의 신상이 퍼지는 걸 원하지 않는다는 뜻이었다.

"그게 시장님의 선택이십니까?"

"네?"

생각지도 못한 질문에 시장은 고개를 갸웃했다.

"지역이라……. 그래서 지역을 강간의 왕국으로 그냥 두시려고요?"

"강간의 왕국이라니요! 말이 심하십니다!"

"그럼 집단 강간이 벌어지고 그걸 덮으려는 지역을 뭐라고 표현하면 좋을까요? 강간촌? 강간 자유 구역?"

"이보시오! 너무하지 않소!"

쾅!

노형진은 탁자를 소리 나게 두들겼다.

"지금부터 제가 뭘 할지 알려 드릴게요. 조용히 들으세요."

노형진의 분위기에 눌린 시장은 입을 뻐끔거릴 뿐, 아무 말도 하지 못했다.

"저 돈 많습니다. 수십억? 까짓 푼돈, 없어도 됩니다."

땅 판 돈으로 투자한 영화는 계속 대박이 나서 돈이 돈을 부르는 상황이었다.

"지금 피해자 소녀의 집을 제가 살 겁니다. 그리고 그곳을 전시장으로 만들 겁니다. 전시장의 이름은 강간의 고향쯤으로 하면 좋겠네요. 그리고 개관식을 할 때 시장님의 행동에 용기를 얻어서 개관을 결심했다고 하면 유권자들이 참 좋아할 겁니다."

"크흠……."

"그리고 영화에도 투자해 볼까 합니다. 참 맛깔 나는 소재 아닙니까? 무려 마흔 명이나 집단 강간에 연루되었는데 영화로 쓸 만하지 않겠습니까?"

"헉!"

물론 반쯤은 진심이다. 미래에 이번 사태를 주제로 무려 두 편이나 영화가 만들어진다. 큰돈은 못 벌지만 적자는 안 본 영화다. 그거면 된다. 그 정도면 충분히 투자할 의사가 있다.

"아, 그리고 기숙사도 만들까 합니다."

"기숙사?"

"네, 여기 보니까 땅값이 싸더라구요. 적당한 빌라 몇 채

사서 기숙사를 만들 겁니다. 그리고 특채 조건도 달아야겠네요. 강간범 출신 출소자 대환영이라고 하면 제법 많이 오겠습니다."

"이보시요! 지금 무슨 소리를 하는 거요!"

"스릴 넘치는 관광지가 될 겁니다. 관광을 할 것이냐, 강간을 당할 것이냐. 전 세계에서 여자들이 아주 미친 듯이 몰려오겠네요. 아! 그리고 보니 기네스북 기록을 알아보는 것도 좋겠네요. 마흔 명이나 집단 강간에 연루된 사건은 없을 것 같은데. 근데 범죄 기록이라 인증될지는 모르겠어요. 이건 어때요? 도시 입구마다 '마흔 명 집단 강간의 대기록. 강간의 도시에 오신 걸 환영합니다.'라고 제가 비석을 세워 드릴게요. 물론 필요한 땅도 제가 구입하고 세우는 돈도 제가 낼게요."

"이보시오, 노 변호사! 말이 심하지 않소!"

"뭘 이걸 가지고 심하다고 그래! 저 애는 그것보다 천배만 배는 더 심한 꼴을 당했어! 근데 기어들어 와서 사건을 수습한답시고 가해자 편을 드는 당신들이 뭐? 심하다고?"

노형진은 살면서 그다지 화를 많이 내는 타입이 아니었다. 하지만 이번만큼은 화내지 않을 수가 없었다. 아무리 범인을 지키는 게 변호사라고 하지만 그건 직업상의 어쩔 수 없는 부분일 뿐이다.

최소한의 기본적인 상식, 아니 최소한의 양심은 있어야 하는 것 아닌가?

"시민들이 당신을 강간범을 지켜 달라고 뽑은 거야, 아니면 지역 발전을 위해서 뽑은 거야? 하라는 일은 안 하고 뭐? 시민을 팔아먹어서 강간범을 지키려고 해?"

"크흑!"

시장은 말을 할 수가 없었다. 너무나도 맞는 말이었기 때문이다.

"그렇게 돈이 좋냐?"

"어디에 대고 반말이야!"

시장은 발악하기 시작했다. 이렇게 개무시당하는 경험은 그로서 처음이었던 것이다. 하지만 노형진은 그에게 존대해 줄 가치도 느끼지 못하고 있었다.

"그렇게 돈으로 싸우고 싶다면 내가 돈으로 싸워 줄게. 한번 덤벼 봐."

그래, 법대로 하자

시장에게 한 말. 반은 농담이었고 반은 진담이었다.

아직 영화에 투자할 시기가 아니기 때문에 영화를 만들지는 못했지만 다른 약속, 즉 도시로 들어오는 주요 도로마다 탑을 세워서 기록하겠다는 약속은 실제로 지켜지고 있었다.

"이런 미친."

도시에 들어오는 입구에 서 있는 탑.

제대로 된 것이 아닌 콘크리트로 굳혀서 만든 탑이다. 그리고 거기에 써 있는 거대한 이름.

강간의 도시에 오신 것을 환영합니다.

한쪽도 아니고 도로 양쪽에 웅장하게 서 있는 탑을 본 시장은 기가 막혀서 말이 나오지 않았다. 그 아래에는 심지어 강간에 참여한 사람들의 이름을 포함한 신상이 공개되어 있었고 더 아래에는 '이 탑의 건립에 용기를 주신 시장님에게 감사합니다.'라는 감사의 문구가 적혀 있었다.

그뿐만 아니라 그 뒤쪽에 비어 있는 자리에는 '이 자리는 이 강간의 도시를 빛내 주신 수많은 분들을 위해서 비워 둡니다.'라는 문구가 있었는데 그곳에는 세 명의 이름이 써 있었다. 바로 피해자에게 고향의 이름을 더럽혔다면서 욕했던 경찰과 노형진의 멱살을 잡았던 검찰 그리고 시장의 것이었다.

"당장 철거시켜!"

보고받고 부랴부랴 달려온 시장은 펄쩍 뛰었다. 그러나 비서관은 진땀을 흘리면서 말했다.

"그럴 수가 없습니다."

"뭐? 왜!"

"사유지인 데다가 개인의 물품입니다. 만일 파손하거나 철거시키면 모조리 배상해야 합니다."

"뭐라고?"

불법적으로 세운 것도 아닌 자신의 땅에 자신의 돈을 들여서 만들어 놓은 것이기에 어쩔 수가 없다는 답변.

'이런 미친.'

설마 노형진이 진짜로 이렇게까지 할 거라고 생각하지 않앉던 시장은 깜짝 놀랄 수밖에 없었다.

"젠장……."

일은 점점 커져 가고 있었다.

강간범들에 대해서 혹독한 처벌을 해야 한다는 국민들의
여론은 심해져 가고만 있고 어떻게 해서든 사건을 수습하려
고 조금이라도 가해자 편을 들거나 가해자에게 유리한 질문
을 하면 일단 업무상 배임으로 고발됐다.

물론 고발이 들어가도 확정되지 않으면 기록에 남지 않으
니 문제가 되지 않는다. 하지만 노형진이 노린 건 그게 아니
었다.

업무상 배임으로 고발이 들어가면 일단 사건 당사자가 되
기 때문에 경찰청 내부 규칙상 관련 사건에 참가할 수 없게
되는 것이다.

"시의원들이 들고 일어나고, 장난 아닙니다. 지금 도시에
먹칠하려고 작정했느냐고요."

노형진은 아예 대놓고 언론에 말했다. 시장에게 사건을 무
마하려는 압력을 받았으며 이에 화가 나서 자신이 돈을 들여
서 이런 물건을 만들었노라고. 거대한 틀에 콘크리트를 부어
서 만들면 그만이니 도시 곳곳에 도배해 주겠다고 말이다.

물론 해당 지역 시민들이 욕하고 난리도 아니었지만 다른
사람들은 속이 시원하다는 반응을 보였다.

"젠장……."

결과적으로 이걸 철거하려면 재판해야 한다는 뜻이다. 그러나 상대방은 변호사다.

"이럴 줄 알았다면……."

시장은 후회했다. 다음 선거에서 다시 당선되기는 물 건너갔다는 사실 때문이었다. 아예 대놓고 도시 자체를 강간의 왕국으로 각인시킨 시장을 누가 과연 뽑아 주겠는가?

"망했다."

그는 울상이 되었다.

"빨리 잡혔군요."

노형진은 서류를 챙기면서 피식 웃었다. 아니나 다를까, 노형진에게 고소가 들어왔다. 사유는 명예훼손과 불법 건조물.

"다급하기는 한 모양입니다."

"그렇겠지요. 도시 자체가 강간의 왕국 취급을 받고 있으니까요."

아마 이 도시에는 치명적인 타격일 것이다. 물론 노형진은 미안하지 않다. 애초에 저런 녀석들을 자기네 동네 사람들이라고 편들어 준 녀석들이 이 도시 사람들이다.

그런 도시를 강간의 왕국이라고 표현하지 않는다면 뭐라고 표현한단 말인가?

"그런데 좀 과한 거 아닌가?"

"그래 보입니까?"

"그래, 언론에 공개한 것도 그렇고 그런 탑을 세운 것도 그렇고."

남상주는 걱정스럽게 말했다. 노형진이 이번 사건을 감정적으로 대하고 있다는 느낌은 받았지만 이렇게까지 할 거라고는 생각도 못했다.

"좀 진정하는 게 좋을 것 같아. 냉철한 이성만이 우리를 보호해 준다고 한 사람은 노 변호사였어."

그 말에 노형진은 그 말에 고개를 끄덕거렸다.

"맞습니다. 그것이 우리를 보호해 주지요. 하지만 상대방이 그걸 알 필요는 없습니다."

"뭐?"

순간 남상주는 이해하지 못하겠다는 표정이 되었다. 노형진의 말이 무슨 뜻인가 몇 번 되짚어 보던 그는 깜짝 놀랐다.

"설마?"

"맞습니다. 제가 그렇게 보이려고 노력하는 겁니다. 뭐, 사실 화가 난 것도 사실이긴 하지만요. 전 이번에는 도리어 기분이 좋군요. 있는 감정을 그대로 드러낼 수 있을 경우는 드물거든요."

"아니, 왜?"

"우리가 보호해야 하는 건 피해자니까요."

"피해자를 보호…… 아!"

남상주도 나름 유명한 변호사다. 그래서 언론 플레이가 어떤 건지 대충 감은 잡고 있었다. 하지만 노형진의 방식은 상상을 초월했다.

"기자들이 너무 달라붙는 것도 시끄럽습니다. 솔직히 기자라는 족속, 피해자의 감정이나 미래에 관심이나 있습니까?"

"그건 그렇지."

언론 플레이를 하기는 하지만 반대로 어떤 경우는 언론에게서 의뢰인을 보호해야 하는 경우도 있다. 지금이 그런 경우다.

언론에서는 피해 여성에게 큰 상처가 될 만한 질문을 마구 던지고 있었고 전혀 상관없는 친척까지 집단 강간을 당했다면서 기사가 아니라 소설을 써서 내기까지 했다.

"이 이상 피해자가 언론에 노출되면 상처가 커집니다. 하지만 반대로 언론에 노출되지 않으면 저쪽에서 로비를 통해 사건을 무마하려고 하겠지요."

"그래서 그런 거군."

"네."

발끈한 노형진이 쓴 방법이 생각지도 못한 기행이었기에 기자들은 그를 타깃으로 기사를 쓰고 있었다. 따라서 피해자를 제외한 사건 자체만을 지속적으로 노출시킬 수 있게 되었다.

"아시다시피 언플은 언론을 이용하는 걸 말합니다. 언론이 적일 수도 있고 아군일 수도 있죠. 어느 쪽이든 적절하게 이용해야 합니다."

"노 변호사, 자네는 정말……."

남상주 변호사는 고개를 흔들었다. 자신은 그저 언론에서 기자회견하는 정도만 생각하는 수준인데, 노형진은 아예 언론인이라는 작자들의 생리를 이용해 먹고 있었던 것이다.

"어차피 조금 있으면 검찰에 송치됩니다. 그때부터는 우리가 할 게 없죠."

"하긴."

그때부터는 진짜 피해자 측 변호인은 할 일이 없기는 하다.

"자, 그럼 가 봐야겠네요."

노형진은 천천히 바깥으로 나갔다.

⚖️

"이거, 피고로서 보는 건 또 생소하네."

사건은 초고속으로 진행되었다. 경찰에서 순식간에 검찰로 넘어갔고 노형진은 정식 재판을 신청했다. 그러자 방청석에는 예상대로 엄청난 수의 기자들이 몰려와 있었다.

"피고는 불법 건조물을 건설하고……."

검사는 이를 바득바득 갈면서 노형진을 바라보았다. 노형진의 멱살을 잡았던 그였다.

더 이상 자신에게 미래가 없다는 사실을 안 그는 마지막까지 노형진을 잡고 늘어질 생각이었다. 그러나 노형진이 그런 발악에 당할 이유가 없었다.

"재판장님, 불법 건조물에 대해서는 인정하지 않습니다."

"피고가 불법으로 물건을 만든 건 사실입니다."

노형진은 거품을 물면서 소리를 지르는 검사를 한심하다는 듯 바라보았다.

"건조물이라는 단어에 대해서 어떻게 생각하십니까?"

"그야 당연히 인간이 만든 것이 건조물입니다."

역시나, 검사는 분노에 눈이 멀어서 최소한의 해석도 하지 않은 채로 고발한 것이 분명했다.

"건조물이란 지붕과 벽 그리고 기둥이라는 존재가 있어야 하며 사람이 드나들 수 있어야 합니다. 그런데 저 탑에 지붕이나 벽, 기둥이 존재합니까?"

"헉!"

그제야 검사는 자신의 실수를 인정했다. 단순하게 머리를 굴리다 보니 건조물이라는 생각만 했지, 그 단어 자체의 의미를 생각하지 않았던 것이다.

"확실히 그렇군요. 불법 건조물에 대한 혐의는 기각하겠습니다."

"젠장!"

"검사! 여기는 신성한 재판장입니다."

검사는 뭐든 죄목을 붙여서 처벌해 주고 싶었지만 아예 단어 자체가 성립되지 않으니 뭐라고 해 줄 수도 없었다.

"하지만 명예훼손은 확실합니다. 피고는 탑을 건설함으로써 피해자들의 명예를 훼손하였습니다."

그 부분은 너무나 확실했기 때문에 벗어날 수 없다고 검사는 확신했다. 하지만 노형진 역시 방법을 생각하지 않고 시작한 게 아니었다.

"분명 명예훼손이 성립될 여지는 있다고 보입니다. 하지만 이번 사건은 전 국민, 아니 전 세계에 알려질 만큼 대한민국의 치부를 드러낸 사건입니다. 이런 사건이 반복될수록 대한민국의 국격은 떨어집니다. 더군다나 여러 언론과 과학적 증거에서도 드러났듯이 강간범들의 재범률은 70% 이상입니다. 단순히 계산만 하더라도 이번 강간에 참여한 마흔 명 중 서른 명 이상이 강간의 재범이 될 가능성이 높다는 것입니다. 현 상황에서 각 가해자들은 전국으로 전학 준비를 하고 있는데 이는 명백하게 타 지역에서의 강간 사건의 발생 가능성을 높일 수 있습니다. 또한 그동안 언론을 통해서 가해자들이 수차례 로비를 벌인 정황이 드러났습니다. 상황이 이런데도 가해자들이 단순히 돈이 있고 힘이 있다는 이유만으로 처벌을 피한 채 전국으로 퍼진다면 그 이후에 벌어질 2차, 3차 집단 범죄에 대해서 국가가 어떤 변명을 할 수 있겠습니까?"

"크흠."

"아!"

"그럴 수도 있겠네!"

기자들이 가장 좋아하는 먹잇감.

그건 다름 아닌 이슈다. 그리고 강간범들이 전국으로 퍼져 나간다는 이슈는 나라를 떠들썩하게 만들 만큼 국민들이 관심을 가질 만한 것이었다.

"그건 억측입니다! 그들이 강간했다는 이유만으로 다른 곳에 가서 또다시 강간을 벌일 거라는 증거는 없습니다."

검사가 소리를 질렀지만 노형진은 차분하게 그런 그의 말을 반박했다.

"썩은 사과 이론이라는 것을 아십니까? 사과 상자 안에 썩은 사과 한 개만 있으면 감염이 빠른 속도로 주변에 퍼집니다. 하물며 주변과의 동화 속도가 빠른 학생들입니다. 많은 심리학자들의 연구에 따르면 청소년기는 반항적인 시기라, 반항적 아이콘으로 떠오르는 동기의 아래에 집단적으로 뭉치는 현상을 보입니다. 이번에 벌어진 집단 강간 역시 그러한 현상의 한 부분입니다. 만일 이런 아이들이 주변 또래로 번진다면 분명 핵심이 되어 세력화할 것입니다. 이를 증명하기 위하여 아동심리학자의 집단 형성에 대한 논문 세 편을 증거로 제출하겠습니다."

그 말에 검사는 말문이 턱 막혔다. 자신은 그저 '그럴 리가 없다.'라는 말밖에 하지 않았는데 노형진에게는 그 반대되는 증거는 넘쳐났다. 아동심리학부터 범죄심리학까지 말이다.

"그런 건 그저 연구일 뿐이지…… 실제와는…….."

애써 현실과는 다르다고 항변하는 그였지만 노형진은 그 말에 따지기보다 인터넷 사이트를 열어서 보여 주는 것으로 답변을 대신했다.

"보다시피 인터넷에서 많이 올라오는 질문 중 하나가 '강간이 더 처벌이 강하냐, 아니면 성매매가 처벌이 더 강하냐?' 라는 것입니다. 그 범죄가 나쁘다는 인식보다는 어느 쪽의 처벌이 더 강할지에 대해서만 궁금해합니다. 이게 무슨 뜻이냐 하면 이번 범죄가 미성년자라는 이유로 처벌이 약해진다면 다수의 미성년자들에게 '미성년자는 무조건 처벌받지 않는다.'라는 곡해된 인식을 심어 줄 수도 있다는 것입니다."

"그런 말도 안 되는……."

'과연 말도 안 될까?'

실제로 인터넷에서 어떤 범죄가 미성년자는 처벌하지 않는다고 정부에서 공언한 적이 있었다. 과연 무슨 일이 벌어졌을까? 1년 사이에 그 범죄의 가해자가 무려 열 배 이상 폭증했다.

아무리 사소한 범죄라고 하지만 범죄라는 것을 알면서도 미성년자라서 처벌받지 않는다는 사실을 이용하여 서슴없이 범죄를 저지른 것이다. 정부에서는 말로는 계도 기간을 가지고 캠페인을 벌인다고 했지만 실상을 까 보니 계도는커녕 급속도로 증가한 범죄량 때문에 도리어 처벌하지 못하게 되어 버린 상태였다. 처벌하게 되면 청소년의 10% 이상이 전과자가 되어 버리는 사태가 벌어지기 때문이다.

그 결과, 아이러니하게도 법 자체가 사문화되어 버리는 일이 벌어졌다.

"미성년자는 어른과 다릅니다. 지극히 감정적이고 반항적입니다. 그들에게 필요한 건 훈육입니다. 하지만 그 훈육이라는 것이 무조건 용서하는 것이어서는 안 됩니다. 일벌백계의 마음으로 처벌해야 하는 것이 맞는 것입니다. 제가 강간범들의 신분을 공개한 것은 그러한 제 마음의 발로입니다. 만일 제 방법이 틀린 거라면 국가에서 내리는 벌을 달게 받겠습니다."

그걸 보면서 기자들은 고개를 갸웃했다.

"뭔가 바뀐 것 같지 않아?"

"뭐가?"

"아니, 그렇잖아. 이건 검사가 고발하고 노형진이라는 변호사가 피고인데 말하는 걸 보면 꼭 검사가 강간 가해자들을 변호하고 노형진이 고소한 듯한 느낌이 들지 않아?"

"그러네."

그렇게 두런거리는 소리를 들은 검사는 그 순간 정신이 퍼뜩 들었다.

'당했다.'

자신도 모르게 노형진에게 끌려가는 사이, 어느 순간 자신은 가해자들을 두둔하면서 어떻게 해서든 그들을 지켜 주려고 하는 듯한 모습으로, 반대로 노형진은 그들을 공격하는 모습을 보이게 된 것이다.

'이제 알았냐, 멍청아?'

보통은 저쪽에서 공격하고 자신이 방어해야 한다. 하지만 노형진은 흐름을 교묘하게 바꿔서 자신이 공격하고 저쪽이 방어하게 만들었다.

그리고 그걸 본 판사는 심각한 고민에 빠졌다.

'검사조차도 이렇게 가해자의 편을 들어 주면서 사건을 수습하려고 하는데…… 만일 이대로 간다면…….'

판사이기에 실제 강간 재범률이 아주 높은 건 알고 있다.

만에 하나라도 강간범들이 다른 곳에 가서 강간을 저지른다면 법률계는 엄청나게 욕을 먹을 것이다.

'그러니까…… 잠깐, 내가 왜 고민을 하지?'

자신은 집단 강간 사건 담당 판사가 아닌 노형진의 명예훼손 사건 담당 판사인 것이다. 그런데 어느 순간 노형진에게 심적으로 동조되고 있었던 것이다. 그리고 그건 그의 판결에 영향을 줄 수밖에 없었다.

⚖

"명예훼손은 인정되나 그 목적이 공공의 안녕을 위한 행동이었으므로 그 위법성이 조각된다라. 캬, 역시 노 변호사! 아주 뒤통수를 제대로 치는구만."

위법성 조각이란 어떤 행동에 있어서 위법이기는 하지만 그것의 이유가 타당한 경우, 그 위법성이 사라진다는 뜻이다. 그리고 노형진이 재판에서 이기자 언론도 급속도로 바뀌기 시작했다.

위법성이 사라졌기 때문에 언론에서는 대대적으로 강간범들의 실명과 사진을 공개하기 시작했고, 몇몇은 그들이 전학 가기로 한 학교까지 알아내서 공개했다.

그리고 그 사실이 알려지자 해당 학교의 학생들, 특히 여학생들의 부모들이 학교에 들이닥쳐서 농성을 하고 집회를 여는 등 전국적으로 문제가 커졌다.

"기본적으로 언론은 하이에나이니까요."

인터넷에서 자신이 공개했을지언정 그건 아는 사람만 알 수밖에 없다. 찾아봐야 하기 때문이다.

하지만 노형진이 재판에서 이김으로써 공공의 목적에 부합된다는 사실이 인정되어 그 결과 언론을 통해서 전국으로 나갔으니, 강간범들의 신분에 대해서 모르는 사람은 별로 없게 될 것이다.

"아이는 어때요?"

"다행히 안정을 되찾고 있어."

"다행이네요."

모든 관심이 노형진에게 쏠린 덕분에 피해자는 안정적으로 정신과 치료를 받으면서 안정을 되찾고 있었다.

'그나저나 이상하군.'

노형진은 고개를 갸웃하면서 텔레비전을 봤다. 이때쯤이면 피해자 아버지가 나타났어야 한다. 원래 피해자 아버지는 아이를 버리고 도망을 갔다가 나중에 나타나서 합의금이랍시고 받아서 도망쳐 버렸다. 그 결과, 합의금마저 날려 버린 아이는 제대로 치료조차 받지 못했다.

'왜 안 나타난 거지?'

지금쯤이면 나타나서 돈을 내놓으라고 해야 한다. 노형진이 그를 위해서 미리 준비한 것도 있었는데, 결국 그는 모습을 드러내지 않았다.

"이제 얼마 후면 송치군."

"그러네요."

검찰에 송치되면 일단 기본적으로 할 수 있는 건 다 한 것이다. 송치 이후에는 변호사로서 조사에 동석할 수 있겠지만 더 이상 사건에 끼어들 수는 없다.

"아마 이번 사건 이후에 많이 바뀔 겁니다. 이런 피해자들이 많이 올 거예요."

"그렇겠지."

특히나 이런 범죄로 피해를 입으면서도 제대로 저항도 하지 못했던 수많은 아이들이나 여자들이 올 가능성이 높다.

"준비해야겠군."

"네, 그 전에."

노형진은 방송을 틀었다. 그리고 어떤 뉴스 프로에서 가해자의 부모를 인터뷰하는 것이 보였다.

"각오해! 내가 이대로 물러날 줄 알아? 일이 조용해지면 죽여 버릴 거야!"

마구 협박하는 그녀.

'쯧쯧…… 바뀌지 않는 것도 있군.'

전생에서도 이 시간의 이 방송에 나와서 대놓고 저렇게 협박했다. 물론 그때는 아무런 처벌도 받지 않았다. 피해자들이 아무것도 몰랐으니까. 하지만 이제는 아니다.

"슬슬 협박하거나 모욕한 놈들도 정리할까요?"

"그렇지."

단순히 가족뿐만이 아니다. 가해자의 친구라는 놈도 인터넷에서 그 애는 못생겨서 강간당해도 싸다는 식으로 말하기도 했다. 심지어 경찰이 되어서도 강간범들의 상황도 봐줘야 한다는 식으로 말해서 문제가 되기도 했다.

노형진은 그런 인간쓰레기들에게도 기회를 주고 싶지 않았다.

"합의는 없습니다. 무조건 처벌입니다. 돈은 손해배상 청구 소송으로 받겠습니다."

합의해 줘 봐야 반성도 하지 않는 놈들이다. 차라리 그 녀석들이 경찰을 못 하게 하는 게 차라리 미래의 피해자들에게 도움이 될 것이다. 저런 놈들은 경찰이 되어 봐야 강간범을 옹호하거나 뇌물이나 받아먹을 테니까.

"그렇게 하세."

그 돈이면 피해자가 치료받을 수도 있고, 아무도 모르는 곳에 가서 자리를 잡을 수도 있을 것이다. 그렇다면 어쩌면 그 아이의 인생의 일부라도 제대로 돌려놓을 수 있을지도 모른다.

"빨리 움직이죠. 고소 넣을 놈들은 많으니까요."

최후의 순간까지 노형진은 방심하지 않았다.

초식 공룡도 공룡이다

"노 변호사."

"아니, 회장님, 제가 도깨비 방방이도 아니고 무슨 수로 사업 아이템을 달라는 겁니까?"

"자네는 도깨비 방망이가 맞아."

"끄응."

유민택이 찾아왔을 때 노형진은 왠지 등골이 오싹했다. 그리고 아니나 다를까, 그는 성화와의 싸움에 도움을 줄 것을 요청했다.

"자네만큼 확실하게 대미지를 주는 사람이 없더군."

다른 사람들이 제출한 사항들은 대부분 제 살 깎아 먹기식의 정책, 아니면 견제 정책이었다. 하지만 노형진의 방법은 작은 금액으로도 막대한 피해를 성화에게 강요하는 것이었다.

성화건강은 노형진의 함정에 빠져서 휘청거리고 있었고 성화우유는 매출이 급락했다. 게다가 성화는 매출이 줄어들자 기존에 계약했던 목장들과의 계약을 무차별적으로 끊어버림으로써 엄청난 원성을 받는 데에 반해 대룡우유는 성화에게 버림받은 목장과 계약함으로써 반대로 엄청난 지지도를 얻고 있었다.

"피해도로 본다면 자네가 혼자 준 게 우리가 준 것보다 훨씬 치명적이네."

"그거야 그렇긴 하지만……."

성화에 재산권을 가지고 내분이 일어나면서 이제야 대등해진 상황이었다. 하지만 그렇다 해도 성화는 만만한 곳이 아니었다.

일단 성화는 여전히 사람이 많기에 유민택 혼자서 모든 걸 다 해결해야 하는 대룡에 비해 대응이 빠를 수밖에 없었다.

"그렇다고 절 찾아오시는 건……."

솔직히 노형진은 살짝 놀라기는 했다. 그동안 유민택은 자신에게 찾아오라고 했지, 직접 찾아오지는 않았던 것이다. 그러니 자신을 찾아왔다는 건 노형진을 자신과 동급으로 인정한다는 뜻이 된다.

사실 유민택이 동급이라고 인정할 만한 사람이 한국에서 얼마나 되겠는가?

이것이 법이다

"내가 못 올 곳 온 건 아니지 않은가?"

"끄응······."

물론 유민택도 생각이 많았다. 확실히 노형진은 엄청난 능력을 가진 사람이다. 하지만 문제가 하나 있었다.

'변호사라는 게 영 걸린단 말이지.'

변호사라는 집단은 좋게 말하면 법률적인 문제로 대신 싸워 주는 집단이지만, 반대로 말하면 용병 같은 거다. 만일 성화에서 미친 척하고 새론에 자신들보다 더 좋은 조건을 제시한다면 그쪽으로 갈 수도 있다.

'섣불리 확신하는 건 안 될 일이야.'

물론 그러지 않을 거라는 것은 알고 있다. 하지만 그것과 사업은 전혀 다른 문제다. 언제나 안전장치가 필요한 것이 사업이다. 그렇기에 유민택에게는 노형진을 잡아 놓을 안전장치가 필요했다.

"자네가 도와준다면 새로운 사업의 10%를 자네에게 주겠네."

"네?"

무려 지분의 10%를 주겠다는 약속. 물론 노형진은 돈이 많으니 그럴 필요는 없다.

"그리고 10%는 범죄 피해자들의 구제 비용으로 쓰지. 어떤가?"

"크흠······."

자신에 대한 지분이야 그렇다고 쳐도 범죄 피해자 구제 비용으로 수익의 10%를 쓰겠다는 것은 무척이나 큰일이었다.

'우리야 손해 볼 게 없지.'

이 나라에는 상생이라는 개념이 없다. 아직 경기가 좋을 시점이라 기업들은 어떻게 해서든 수익만 내면 된다는 시점이기 때문이다.

하지만 유민택은 우유 사업 사태를 보면서 생각보다 그런 것이 돈이 된다는 사실을 알아챘다. 우유의 판매량이 늘어나자, 대룡이라는 그룹의 이미지가 갑자기 좋아지면서 의외로 다른 사업의 매출이 확 뛰는 부가적인 현상이 관측되었던 것이다.

그 부분은 노형진도 미처 생각하지 못한 부분이었다.

"어떤가?"

"글쎄요……."

자신들이 아무리 노력한다고 해도 모든 사람들을 구할 수는 없다. 하지만 대룡이라면 다르다. 대룡에서 성화와 싸우기 위해 하는 사업이 작을 리가 없으니 그중 10%만 써도 진짜로 다급한 피해자들에게는 도움이 많이 될 것이다.

"자네가 사업을 하라는 게 아니네. 그저 우리가 할 만한, 그리고 성화에게 한 방 먹일 만한 일을 만들어 달라는 거지."

"너무 무리한 부탁이십니다."

"무리한 부탁은 아닌 것 같네만."

"후우."

노형진은 한숨을 쉬면서 머리를 부여잡았다. 하지만 아무리 생각해 봐도 유민택이 그냥 순순히 물러날 리가 없다는 걸 알 수 있었다.

'하긴…… 어쩔 수 없겠지.'

아무리 유민택이 지금은 활발하게 움직인다고 해도 결국은 나이가 많은 할아버지일 뿐이니 당장 죽지는 않겠지만 천년만년 살 수 있는 것도 아니다. 하지만 성화와의 싸움이 당장 끝날 리 없다.

물론 후계자인 영민이가 있긴 하지만 영민이가 후계자 자리에 올라갈 때쯤이면 성화가 공격할 게 뻔하다. 그러니 자신이 확실하게 자리를 잡은 이때에 최대한 성화에게 타격을 입히려는 것이다.

'길게 봐야 하는데.'

문제는 이런 사업이라는 게 아무리 좋게 생각해도 짧게 보면 안 된다는 것이다. 두 번의 승리는 말 그대로 운이 좋아서 바로 효과가 나타난 것이지, 모든 것이 그런 것은 아니다.

"싫은가?"

"싫은 건 아닙니다만."

'문제는 돈이잖아?'

자신이 좋은 생각을 해서 만들어 낸다고 해도 많은 돈이 들어가면 수익 자체가 적아진다. 그러면 도리어 너무 많은 돈 때문에 사업을 진행하지 못할 수도 있다. 그렇다고 너무 작은 사업을 하자니 성화에게 타격을 입히지 못할 가능성이 높다.

"조금 생각해 보겠습니다."

"난 자네만 믿겠네."

"제발 믿지 말아 주셨으면 좋겠네요, 하하하."

농담 반 진담 반으로 말하면서 노형진은 씁쓸하게 웃었다.

⚖️

"으으으……."

"왜 그래?"

"머리가 부서질 것 같아."

"두통?"

"아니…… 생각지도 못한 짐을 넘겨받아서."

"그래?"

노형진의 누나인 노현아는 그 말에 무심하게 다시 시선을 돌렸다.

"고민하는 동생이 안 불쌍해?"

"동생아, 그런 걸 행복한 고민이라고 한다."

"그러는 누나는 안 행복해?"

"행복하지."

잘나가는 남자 친구도 있고 집안은 엄청난 부자가 되었으니 말이다.

'그래, 지난 생에서 느끼지 못한 행복, 이번에는 좀 느껴야지.'

회귀 전, 누나의 삶은 지옥에 가까웠다. 그나마도 무척이나 짧았던 인생.

"머리가 안 돌아갈 때는 머리도 식히고 그래. 너도 네 또래답게 걸 그룹도 좀 좋아하고 그래 봐."

"내 나이에 걸 그룹은 무슨……."

"네 나이가 스물두 살이니까 따라다니라는 거다. 애늙은이도 아니고."

"별로 관심 없어."

"그래, 여자 친구가 걸 그룹보다 예쁘다 이거지?"

"쿨럭."

"왜? 정곡이라서 그래?"

"아니야. 사귀는 사이도 아니고. 근데 어떻게 안 거야?"

"지난번에 너, 63빌딩 수족관 갔지?"

"설마……."

"분위기 좋더라, 흥흥흥."

'젠장.'

그러고 보니 누나도 남자 친구가 있으니 당연히 데이트할 것이다. 그리고 수족관은 제법 유명한 데이트 코스이고.

"예쁘던데, 누구야?"

"끄응…… 나중에 소개시켜 줄게. 그나저나 부모님한테

말한 건 아니겠지?"

"아직 안 했는데? 왜? 말 못 할 사정이라도 있어?"

"그런 게 좀 있어."

손채림의 엄마는 노형진을 무척이나 싫어한다. 그리고 그 영향을 받아서 그런지 손채림의 아버지도 무척이나 싫어한다.

물론 노형진의 부모님이 손채림을 그런 이유로 싫어할 가능성은 낮아 보이기는 하지만 어찌 되었건 그쪽에서 필요 이상으로 경계한다는 것을 어머니가 모를 리가 없다.

'더군다나 척 보면 알겠지.'

아무리 나이가 지났다지만 손채림을 몇 번 본 적이 있는 어머니이니 보면 알 것이다.

"뭐, 비밀로 해 줄 수는 있는데."

"끄응……."

노형진은 주머니에서 돈을 꺼내서 누나에게 내밀었다.

"상납이옵니다."

"갸륵하구나! 오호호호호."

"쳇."

"'쳇.'은 무슨. 부자 동생 좀 부려 먹어 보자."

사실 아버지가 부자이고 자신도 부자이지만 누나가 부자인 건 아니다. 아버지가 돈이 많아졌다고 용돈을 막 주는 스타일은 아니기 때문이다. 자신도 마찬가지이고.

"데이트 비용으로 잘 쓰마."

"네, 네."

잽싸게 주머니로 돈을 집어넣은 노현아는 텔레비전을 이리저리 돌렸다. 그러다가 한참 지나서야 채널을 한곳에 고정시켰다.

"뭐야? 아직도 그런 거 봐?"

"그럼. 저 뽀송뽀송한 영계들 좀 봐라."

"영계는 무슨. 남친도 있는 사람이 작작 좀 해라."

노현아가 고정시킨 채널은 젊은 사람들을 위한 음악 프로였다. 거기서 젊은 남자 가수들이 열심히 노래를 부르고 있었던 것이다.

"뭐, 어때. 음식 시켰다고 메뉴판 보지 말라는 법도 있어?"

"말은 잘하지."

아직은 텔레비전이 거실에 한 대가 있었을 뿐이기에 노형진은 어쩔 수 없이 그걸 함께 봐야 했다.

"저건 누구야?"

"몰라."

"모른다니. 좋아서 보는 거 아냐?"

"그 많은 아이돌 가수들의 이름을 어떻게 다 알아?"

"그런가?"

하긴 그렇다. 미래에 이야기하면 나오는 것 중 하나가 바로 이 시대가 문화적 황금기라는 것이다.

경제적으로도 미래에 비하여 풍요로운 상황인 데다가 몇

년 후에는 몇몇 기획사들이 거대화되면서 문화가 전반적으로 너무 비슷하게 흘러가는 바람에 다양성이 없어진다.

"그나저나 저 애들은 뭐로 먹고사나 몰라."

"응?"

"아니, 저런 애들은 많은데 다들 어떻게 먹고사나 해서."

"먹고살 만하니까 하겠지."

무심결에 그걸 보던 노형진은 순간 뭔가 머릿속을 스치고 지나가는 것을 느꼈다.

"저거다!"

"뭐?"

"저거라고! 저거! 내가 찾던 해결책!"

"무슨 소리야?"

"으하하! 내가 왜 이 생각을 못했지?"

노형진이 팔짝팔짝 뛰자 노현아는 얼굴을 찌푸릴 뿐이었다.

⚖

"투자?"

"네, 미래에는 가수나 예능이 대세가 될 겁니다. 당장은 아무도 관심이 없지만 지금 거기에 투자한다면 충분히 회사에 도움이 될 거라 생각합니다."

노형진의 말에 유민택은 고개를 갸웃했다. 특이한 걸 생각해 올 거라고 생각하긴 했지만 너무 뜬금없는 방향이었기 때문이다. 연예 기획사라니?

"하지만 다른 기업들은 거기에 진출하지 않는데?"

"그건 겉멋이 들어서 그래요. 그리고 성화는 벌써 진출했잖습니까? 성화 소속 영화관들이 점점 늘어나는 거 아시죠?"

확실히 조건은 맞다. 자신들이 수익을 창출하면서 성화에게 한 방 먹일 수 있는 사업 아이템을 요구했으니까. 현재 성화는 씨네월드라는 영화관을 무차별적으로 확장시키면서 기존 영화 시장을 집어삼키고 있었다.

"하지만 그러면 우리가 영화관 시장에 뛰어들어야 하는 거 아닌가?"

"영화관 시장에는 엄청난 자본이 들어갑니다."

"그거야 그렇지."

그렇게 단순한 문제였다면 자신들 역시 먼저 영화관 시장에 뛰어들었을 것이다. 하지만 영화관 시장에 들어가는 자본이 너무나 많아 쉽게 들어가기 어려웠다.

"우리는 최소 자본으로 최대 수익을 만들어 내야 합니다. 성화를 견제하면서 말이지요."

"그거야 그렇지만 연예 기획사들이 무슨 의미가 있다는 건가? 결국 딴따라일 뿐인데."

"아직은 그렇지요."

"아직은?"

"네."

아직 한류라는 개념도 정확하게 잡혀 있지 않고 한류를 위한 지원도 없는 시점이다. 하지만 가까운 시일 내에 한류가 유행하기 시작하면서 전 세계에서 엄청난 수익을 창출하게 되는 것이 엔터테인먼트다.

"기본적으로 공급과 소비가 모든 시장의 기본입니다. 성화에서는 영화관을 만듦과 동시에 막대한 자본을 들여서 영화를 만들고 있습니다. 그리고 그 영화를 자기네 영화관에서 상영하고 수익을 창출하지요."

"그렇지."

한국에 수많은 대박 영화들이 있지만 사실 그중에는 그 정도의 값어치가 안 되는 영화들도 분명 존재한다.

영화를 좋아하는 노형진이 불만이었던 것이 대부분의 영화관들이 멀티플렉스라는 형태의 대기업 영화관에게 먹혀버리면서 몇몇 반응이 좋은 영화만 상영해 줬다는 것이다.

'그리고 성화가 그런 게 유독 심했지.'

어느 정도였냐 하면 총 아홉 개 개봉관이 있는 멀티플렉스의 일곱 개의 관에서 똑같은 영화를 상영한 적도 있다.

그런데 그렇다고 그게 그렇게 잘 만든 것이냐 하면 그것도 아니었다. 못 만들었다고 할 정도는 아니었지만 그렇게까지 상영할 정도도 아니었다. 그렇게 한 이유는 단 하나, 그 영화 제작사가 성화라는 것이었다.

이것이 법이다

"질 좋은 영화를 만들기 위해서는 당연히 뛰어난 재능의 연예인이 필요합니다. 그들의 몸값이 왜 그렇게 비싼지 모르지는 않으시겠지요?"

"음…… 좋은 재료라는 건가?"

"틀린 말은 아니네요."

비록 사업가적인 해석이기는 하지만 틀린 말은 아니다. 좋은 재료가 있어야 좋은 영화를 만들기 마련이다.

만일 연예 기획사를 선점해서 그 재료들을 통제할 수 있다면 성화가 영화를 만드는 데에 한계가 있을 것이다.

'그리고 내가 대충 시나리오를 알고 있으니.'

성화에서 만들었던 좋은 영화들의 시나리오를 선점해서 대룡에서 영화를 만드는 것도 가능할 것이다.

"하지만 그래도 영화관 문제가 해결된 것은 아닐세. 그 좋은 재료를 우리가 가지고 있다고 해도 결국은 그 인원을 놀릴 수도 없으니 영화 쪽에 뛰어들어야 한다는 거지. 안 그런가?"

역시나 유민택. 역시 한 번에 핵심을 알아챘다.

"문제는 그걸 틀어 줄 영화관이 없다는 거네. 점점 성화가 커지는 상황이니까. 그렇다고 우리가 우리 영화관 브랜드를 론칭하기에는 너무 늦었어. 자금 압박의 문제도 있고."

하지만 노형진의 생각은 좀 달랐다.

"그래서 우리에게 기회가 있다고 생각합니다."

"우리가?"

"네, 성화의 공격이 심각하니까 작은 중소 영화관들이 위협받지요."

그 말에 고개를 끄덕거리는 유민택이었다. 그건 필연적인 것이다. 대기업들이 들어오기 시작하면 작은 곳들은 치명적인 타격을 입는다.

"그 영화관들과 제휴하는 겁니다."

"제휴?"

"네, 성화의 브랜드인 씨네월드의 공격 방식은 단순하죠. 하지만 그래서는 막을 방법이 없습니다."

씨네월드의 공격 방식은 간단하다. 영화를 볼 때 할인 카드를 가지고 오면 할인해 주는 것. 문제는 작은 영화관들은 그런 걸 적용하기 힘들다는 것이다.

일부 적용하려고 해도 피해분을 자신이 감당해야 한다는 점에서 작은 영화관들은 쓰러질 수밖에 없다. 성화에게 2천 원의 할인은 푼돈이지만 작은 영화관은 큰돈인 것이다.

'그래서 결국은 성화가 다 먹었지.'

결국 작은 영화관들이 몰락하자 성화는 터무니없이 영화 관람 가격을 높이기 시작했다.

4천 원이던 영화가 몇 년 사이에 1만 원까지 올랐고 나중에는 1만 8천 원짜리 좌석까지 만들어졌다. 종국에 가서는 아예 자기네 회사 소속이 아닌 다른 곳의 할인 카드를 없애버리기까지 했다. 더 이상 자신들과 싸울 곳이 없어졌기 때문이다.

"우리가 작은 영화관의 리모델링비를 지원하고 제휴하는 거죠. 그리고 우리도 제휴 카드를 만드는 거죠. 그럼 성화의 씨네월드의 확장이 느려질 거예요."

"오!"

그럼 대룡의 입장에서는 비용이 확 줄어든다. 즉, 빠른 시간 내에 제휴 영화관들이 확 늘어난다는 뜻이다. 공룡과 싸우는데 굳이 거대한 육식 공룡을 만들 필요는 없다. 초식 공룡이라 할지라도 그 수가 많아지면 위협적이니까.

'게다가 아직은 씨네월드가 그다지 많은 수가 아니니까.'

미래에는 씨네월드가 대한민국 영화관의 대다수를 차지하지만 지금은 초반이다. 더군다나 자신은 막대한 자산을 바탕으로 한국과 미국 영화에 막대한 투자를 하고 있다. 그 점을 기반으로 협상한다면 그쪽에서도 이쪽에 영화의 국내 유통권을 줄 것이다.

'그런 영화들을 협력한 영화관에서 상영한다면 엄청난 이득이겠지. 그리고 동네 영화관들을 살린다면 씨네월드는 확장하지 못한다.'

그렇게 된다면 대룡의 승리다. 대룡은 돈을 버는 게 목적이 아니라 성화를 쓰러트리는 것이 목적이니까. 그리고 노형진은 그런 대룡을 이용하여 피해자들에 대한 지원을 할 수도 있게 된다.

특히나 영화 산업이나 엔터테인먼트 산업은 막대한 돈이 된다. 그중 10%라면 피해자들에게 지원하기에는 절대 부족함이 없는 돈이다.

"그러니까 우리가 낙후된 공사 비용을 지원해 주는 대신 지분을 받고 하나의 브랜드명으로 묶는다는 거지?"

"네, 영화관 주인들도 거절하지는 못할 거예요. 씨네월드에 밀리고 있다는 걸 모르지는 않으니까."

애초에 이쪽은 8천 원인데 저쪽은 제휴 카드니 할인 카드니 해서 6천 원에 팔고 있다면 싸움이 되지 않는 것이 당연하다.

"좋은 생각이네. 성공한다면 성화에 타격이 크겠군."

영화관을 만드는 건 엄청난 돈이 든다. 만일 제대로 돼서 성화가 타격을 입는다면 지금까지 입은 타격은 아무것도 아닌 수준이 될 것이다.

"그것뿐만 아니라 엔터테인먼트 회사들을 묶었으면 합니다."

"엔터테인먼트?"

"네, 가수들이나 연예인들을 선점하는 거죠."

"그건 연예 기획사를 만드는 걸로 하면 되지 않나?"

"그건 우리가 만들지만 우리가 다 할 수는 없습니다."

"다 할 수는 없다?"

"기본적으로 대룡 역시 거대한 공룡입니다. 만일 우리가 하고자 한다면 엔터테인먼트 회사들은 죽자 살자 저항할 겁니다. 재수 없으면 성화가 우리의 전략을 베껴서 연예 기획사들을 흡수할지도 모르죠. 그렇게 된다면 질 좋은 배우들을 선점해서 씨네월드를 고사시킨다는 작전은 의미가 없어지는 겁니다."

"복잡하군."

"쉽게 할 수 있을 거라는 생각은 하지 않으셨잖습니까?"

"그건 그렇지."

상대방은 성화다. 쉽게 쓰러지는 게 이상한 거다.

"그러니 우리도 대비해야 합니다. 만드는 걸로 끝내는 게 아니라 정기적으로 공모전을 개최해서 저작권을 확보해야 합니다. 그렇게 확보한 작품으로 영화를 만들어야 하니까요."

"공모전?"

"네, 좋은 시나리오와 좋은 배우 그 두 가지만 합쳐 놓으면 어지간하면 안 망하죠. 아, 심리학자들도 확보해 놔야 하고요."

"심리학자?"

"네."

"왜?"

"군중심리학을 이용해서 영화를 만들어야 하니까요."

그 말에 유민택은 얼굴을 찌푸렸다. 영화에 심리학자가 들어간다는 소리는 처음 들어 봤기 때문이다.

"심리학자가 영화를 만드는 데에 들어가나?"

"네, 사람들이 좋아하는 걸 찾아내는 것이 영화 성공의 관건이니까요."

"그런가? 솔직히 이해하지 못하겠군."

'하긴, 이해하기 어렵겠지.'

미국에서 활동한 기억이 있는 노형진은 미국의 영화계가 얼마나 치밀하게 움직이는지 알고 있다.

시나리오 하나만 해도 작가 수십 명이 붙어서 쓰는데, 고증을 위한 외부 인원까지 합하면 백 명이 넘어가는 작가진을 가진다. 더군다나 아예 군중심리학자가 끼어서 어떤 부분이 먹히는지 분석까지 해 댄다. 미국도 한국처럼 성공하는 장르로 몰려가는데도 불구하고 작품 고유의 특성을 유지하는 데에는 이런 비밀이 있는 것이다.

'그리고 우리가 한국에만 투자하라는 법은 없지.'

해외에서는 엄청나게 많은 투자가 벌어지고 있지만 한국은 아직 불모지. 먼저 개척한다면 막대한 수익을 창출할 수 있고 그걸로 한국 시장을 다 먹을 수도 있다.

당장 할리우드뿐만 아니라 발리우드라 불리는 인도도 미래의 시장에서는 엄청난 규모를 자랑한다. 그건 자신이 도와주면 된다. 어차피 자신이 투자하는 것에는 한계가 있으니 말이다.

"자네는 어떻게 그렇게 잘 아는 건가? 설마 변호사들의 기본 소양이라도 되나?"

유민택은 솔직히 놀랐다. 문외한인 자신의 눈에도 제법 쓸 만한 전략으로 보였던 것이다.

"아니요…… 그건 아니고…… 그냥 제가 영화를 좋아해서 라고 생각해 주시면…… 하하하."

"그런가? 그럼 가장 먼저 뭘 해야 하나?"

드디어 본론이 나오기 시작했다. 무슨 일이든 처음이 있 는 법.

"일단은 회사와 조합을 만드는 건 어떨까요?"

"회사와 조합? 회사야 이해하지만 조합? 조합은 그다지……."

사람들은 조합이라고 하면 노동조합의 이미지를 생각하며 이 나라의 언론에서는 무척이나 나쁜 것으로 표현한다. 유민 택 역시 그에 대한 사업가로서의 감정이 없지는 않다.

하지만 조합이란 말 그대로 조직의 합. 즉, 여러 사람들이 만든 일종의 단체인 것이다.

"조합이라는 게 나쁜 게 아닙니다. 일종의 언플을 당해서 조합은 안 좋다고 인식이 박혔지만 실상 합법적인 사업 형태 중 하나입니다."

"그건 나도 알고 있네. 하지만 그럼 애초에 조합 하나만 하는 게 편하지 않은가? 두 개를 다 만들면 이중으로 돈이 나가는 건데?"

물론 노형진도 그 생각을 해 보지 않은 것은 아니다. 하지 만 조합은 한 가지 조건 때문에 포기할 수밖에 없었다.

"조합은 무조건 1인 1표입니다. 회사와 다르게 투자금이 많다고 해도 무조건 1표죠."

"흠……."

조합이라는 것은 기본적으로 평등한 관계에서 사업을 하기 위해서 모이는 것이다. 그러다 보니 한 사람에게 표가 몰리는 걸 방지하기 위해서 1인 1표제를 택하고 있다.

"그렇지만 그런 경우 문제가 많습니다."

예능계는 사기꾼이 많다. 그런 상황에서 1인 1표를 인정해 버리면 서로 이합집산하면서 이권 싸움을 하기 마련이다.

'일단 대룡이 분위기를 이끌어야 해. 그래야 영화계든 연예계든 살아남을 수 있을 거야. 대룡 말고는 대항할 곳도 없고.'

원래 역사에서 성화는 거대해지다 못해서 방송국을 무려 네 개나 가지게 된다. 그 결과, 연예인들이 저항하거나 자기네 영화의 출연을 거절하면 그대로 매장시키는 일이 빈번하게 일어났다. 그만큼 파워가 강해진 것이다.

기왕 싸우게 된 것 그것은 막아야 한다. 그렇다고 대룡이 그런 자리를 대체하게 하는 것도 좋은 생각은 아니다. 그래서 생각해 낸 것이 바로 조합이었다.

"그러니까 조합을 만들어서 작은 소속사들을 끌어당기는 거죠. 그 후에 조합에 소속된 회사들에게 조건을 달아서 지분을 가지고 오고 특혜를 주는 거죠."

"그런가? 자세하게 말해 보게."

"우리나라에는 엔터테인먼트가 많지요. 그런데 그런 엔터테인먼트들은 대부분 영세해요."

"그건 그렇지. 어쩔 수 없잖나."

아직은 거대 기업들이 나타나서 균형을 잡을 시점이 아니다. 게다가 거대 기업들의 입장에서는 이딴 일을 할 이유가 없다는 생각이 팽배하니 나서지 않는다.

"그러니까 누군가 총대를 메서 그들을 묶고 그들을 흡수하는 거죠. 공식적으로는 각 회사들이니까 개별적으로 활동하겠지만 조합에 가입하면 비공식적으로는 하나의 기업이나 마찬가지죠."

"흠……."

이해하지 못하겠다는 얼굴이 되는 유민택.

'하긴…… 전혀 생소한 개념이니까.'

아무리 사업적으로 이 자리까지 온 유민택이라고 하지만 연예계에는 전혀 접점이 없었으니 어쩔 수 없으리라.

"그룹과 비슷한 거죠."

"그룹과?"

"네."

"하지만 그룹은 다 다르잖아?"

"그렇지요. 하지만 다 다르게 뭉치라는 법은 없습니다. 예를 들어서…… 음…… 한양우유 아세요?"

"알지."

하긴 애 키우는 사람이 한양우유를 모른다면 그건 이상한 것이다. 한국 최대 우유 기업이니까.

"한양우유도 조합입니다."

"뭐?"

"그 안에 있는 각 농장주들과 투자자들은 유제품이라는 공통된 목표를 유통하기 위해서 뭉쳤지만 실질적으로는 각각 다른 회사를 운영해요. 하지만 결국 목표는 유제품이죠. 집유장이나 우유 제조 시설은 공유합니다. 물론 유통망도 말입니다. 이해하시겠어요?"

"아, 이제 이해하겠네. 그러니까 공통적으로 소모되는 것을 집중시킨다는 개념인가?"

"비슷합니다. 제가 새론을 꾸민 형태와 같아요."

잘 버는 사람이든 못 버는 사람이든 결국 그 자격은 동일하다. 총수익 중 얼마를 기업에 내놓으면 기업은 그들이 활동하는 데에 필요한 지원을 한다.

이렇게 되면 가난한 사람이나 기업은 기본 자산이 없는 상황에서 도움을 받아서 성장할 수 있으며, 잘나가는 기업은 조합에서 최소한의 보장을 해 주니 안전하게 미래를 위한 새로운 시도를 할 수 있다. 또한 내부적인 협의를 통해 새로운 내부 활동을 하는 팀을 가질 수도 있다.

"쉽게 말해서 요즘 걸 그룹들이 많지요?"

"그렇지."

대세는 걸 그룹이나 보이 그룹이라고 할 수 있다.

"그러나 그런 건 돈이 많이 들죠. 그룹이라고 할 수 있는 건 최소 세 명 이상은 되어야 하는데."

그 말에 유민택은 고개를 끄덕거렸다. 두 명은 듀엣이라고 하니 걸 그룹은 세 명 이상 되어야 한다.

"작은 연예 기획사들은 한두 명만 데리고 있는 경우도 많아요."

"그러니까 그런 애들을 묶을 수 있는 이름이 필요하다?"

"그런 거죠."

더불어 집단 내부에서도 선의의 경쟁을 하거나 다른 그룹 소속끼리 일종의 프로젝트 그룹을 만들 수도 있다.

'물론 그건 나중에 나오는 개념이지만.'

어찌 되었건 작은 집단은 언제나 다수다. 거대 기업이 없는 현 연예계에서 대룡의 이름이면 엄청난 위력을 자랑할 것이다.

"그리고 실질적으로 현재 우리나라의 대부분의 엔터테인먼트 회사들은 조폭 계열이에요."

"뭐라고?"

생각지도 못한 말에 깜짝 놀라는 유민택이었다. 조폭 기업이라고는 생각도 하지 못했기 때문이다. 하지만 현실은 차갑고 잔인한 법이다.

"조폭과의 전쟁이 실행되면서 음지에만 있던 깡패들이 양지로 나와야 했는데 그들이 선택할 수 있는 기업은 몇 개 안 되죠. 아무래도 배운 게 없으니까. 결국 그들이 가장 많이 선택한 곳이 경호 회사와 엔터테인먼트였어요."

"몰랐네."

"대부분은 모르죠."

어쩔 수가 없다. 조폭들이 가장 쉽게 접근할 수 있는 게 경호원같이 몸으로 움직이는 것과 젊은 여자들을 다루는 일이었으니까.

"어찌 되었건 제대로 된 곳도 있지만 그렇지 않은 곳도 있죠. 심지어 사기를 위해서 존재하는 곳도 많구요."

"사기?"

"네."

연예 기획사를 하나 만들어 놓고 연습비니 뭐니 하면서 돈을 받는 건 사실 애교에 속한다.

연습생으로 들어온 여학생에게 마약을 먹여서 성매매를 시킨다거나 인신매매하는 놈들도 있고, 심지어 자기 성 노예로 삼는 놈들도 있으니까.

"현재 정부에는 그런 것에 대한 인증 시스템이 없어요."

"그럼 조합을 만들어서 일종의 사설 인증을 하자?"

"네, 그렇게 되면 대룡의 이름은 연예계에 막대한 위력을 가지게 될 겁니다."

결국 그건 미래에도 생기지 않은 것이다. 물론 협회가 없는 건 아니지만 협회에서 우후죽순 만들어지는 수많은 기업들에 대해서 터치하지 않았던 터라 연예계의 70%는 사기꾼이라는 말이 맞았다.

"사설 인증이라서 정부는 인정하지 않겠지만 실질적으로 조합에서 사설 인증을 하게 되면 재능이 있는 아이들은 인증받지 못한 사기꾼 회사가 아닌 인증받은 곳으로 몰리겠죠."

"확실히……."

유민택이 나이가 많다고 하지만 사기꾼들에게 당한 젊은 연예인 지망생들이 많다는 뉴스는 많이 봤다. 문제는 그들이 확실하게 이 기업이 어떤 회사인지 알 수 없다는 것이다. 모든 정보가 통제되어 있기 때문이다.

'지난번에도 그랬지.'

만일 인증 기관이 단 하나라도 있었다면 자신이 해결했던 연예 기획사들의 비리는 굉장히 적었을 것이다.

"실질적으로 모든 걸 다 지배하는 건 아니지만 대룡이라는 이름하에 모였으니 어느 정도 통제는 되겠죠."

"그렇게 되면…… 성화에게도 골치 아프겠군."

"그렇지요."

성화에서는 씨네월드를 기반으로 삼아서 이쪽에 진출할 의사가 확실하게 있다. 그렇다면 이쪽에서 선점한다면 저쪽에서는 상당히 곤란할 것이다. 원래 뭐든 하드웨어보다 힘든 게 소프트웨어다. 특히 이런 재능 쪽은 더욱 그렇다.

'더군다나 실패한다 해도 그다지 손해는 없어.'

성화처럼 혼자서 다 먹는 게 아니라 투자해서 수익을 내는 것이니 최종 수익은 부족해지겠지만, 어차피 성화를 날리는 게 목적이니 그다지 신경 쓸 일은 아니다.

실패하면 자신들은 그저 리모델링 비용 정도의 투자 지분만 날리는 셈이다. 하지만 성공하게 된다면 성화의 입장에서는 개당 수십억이 넘는 영화관 비용을 날려야 한다. 영화관은 그 구조의 특성상 다른 것으로 쓰기에도 애매한 건물이기 때문이다.

"좋은 생각이네."

"그렇지요? 후후후. 우리가 노리는 것은 궁극적으로 공존입니다. 혼자서 먹는 게 아니라 함께 살아가는 것. 그래야 사회적으로 우리가 불리해졌을 때 그들을 동원할 수 있습니다."

유민택은 그게 마음에 드는 듯 고개를 끄덕거렸다.

"공존이라……."

"네."

노형진은 가능하면 공존하는 기업을 만들고 싶었다. 돈이 된다는 이유 하나만으로 골목 슈퍼마켓 사업에 김밥 사업, 심지어 오뎅 가게 사업에까지 진출하게 만들고 싶지는 않았다.

"그럼 가장 먼저 뭘 해야 하나?"

"일단은 건물이 필요하지 싶습니다."

"무슨 건물? 시내에 적당한 건물이 필요할까? 그걸 중소

형 엔터테인먼트에 사무실로 제공하게?"

"아니요. 그건 그쪽에서 해야지요. 우리는 엔터테인먼트 조합이지, 그들을 먹여 살리는 곳이 아니니까요."

"그럼?"

"학교를 알아봐야지요."

"학교?"

전혀 예상하지 못한 대답에 유민택은 고개를 갸웃할 수밖에 없었다.

⚖

"반갑습니다. 노형진입니다."

노형진은 다음 날부터 본격적으로 협상에 들어갔다. 어느 정도 크기가 있는 곳은 직접 찾아다니고 소속 연예인이 3인 이하인 소형 회사에는 정중하게 초대장을 발송했다.

"반갑습니다. 픽시엔터테인먼트의 한용태입니다."

픽시엔터테인먼트는 요즘 활발하게 활동하는 4인조 걸 그룹인 픽시의 소속사다. 물론 활발하게 활동한다는 것과 돈이 된다는 것은 다르지만.

"정중하게 협조 요청서에서도 말씀드렸다시피……."

대룡의 연예계 진출은 아주 큰 사건이었다. 대룡이 어떤 기업인가? 재계 순위 9위의 거대 기업이다. 더군다나 얼마 전 알로에 사업에서 대박이 터지면서 이번에 8위로 올라갈 지도 모른다는 소문도 있었다.

그런 대룡이 연예계에 진출한다는 건 토끼장 안에 거대 육식동물인 사자나 호랑이가 들어온다는 소리나 마찬가지였기에 연예 기획사들이 경악을 금치 못하고 있었다.

그런데 그들이 진출한다고 하고서 온 편지는 당황스러웠다. 기껏해야 소속 연예인이나 싸게 내놓으라고 할 거라 생각했던 편지에 정식으로 예능 기업인 협동조합에 초대한다고 적혀 있었기 때문이다.

"대룡엔터테인먼트에서는 조합을 만들어서 운영할 생각입니다."

"조합?"

"그렇습니다. 기존에 있던 수많은 불공정 계약을 타파하고 합리적이면서 또한 상생하는 조합의 형태로 구성된 기업을 만들어 수많은 사람들의 힘을 합치자는 것이 대룡의 목적입니다."

엔터테인먼트 조합이라니, 듣도 보도 못한 말에 한용태는 얼굴을 찌푸렸다.

"그러니까 하나의 집단을 이루자?"

"그렇지요."

"흠……."

한용태는 불편한 얼굴이 되었다. 물론 엔터테인먼트 사장

단이 없는 것은 아니다. 실제로 존재한다. 하지만 엔터테인
먼트 사장단의 주요 업무는 공정한 계약을 감시하는 게 아
닌, 자기 말을 듣지 않는 연예인의 퇴출인 경우가 많았다.

"솔직히 별로군요."

한용태는 솔직하게 말했다.

'하긴 그걸 받아들일 리가 없지.'

이쪽만큼 체계화되어 있지 않고 막장인 곳도 드물다. 심지
어 연습생이 나가지 못하게 마약을 먹이는 곳도 있을 정도다.

그 후에는 사창가에 팔거나 성 접대에 동원한다. 어떤 때
는 잘나가는 그룹 외에 오로지 성 접대용 연습생을 따로 두
는 경우도 있었다.

"뭐, 싫으시면 별수 없구요."

노형진이 군말 없이 서류를 덥고 일어나자 한용태는 깜짝
놀랐다.

"뭐 하시는 겁니까?"

"별로라고 하시는데 저희가 무슨 말을 하겠습니까?"

"네?"

노형진은 애초에 이런 작자들이 있을 거라는 건 알고 있었
다. 그들은 뱀의 머리 노릇을 하고 있는 상황이다. 그런데 용
의 꼬리가 되라고 하면 할까? 안 한다.

"자…… 잠시만요! 그럼, 만일 가입하지 않으면 어떻게 되
는 겁니까?"

"뭐, 좋지 않은 일로 만나지 않기를 바라야지요."

노형진은 사람 좋은 얼굴로 말했지만 한용태는 침을 꿀꺽 삼켰다.

'이런 미친······.'

좋지 않은 일로 만나지 않기를 바란다는 건 소송을 불사하겠다는 건데, 막말로 대룡이 죽으려고 덤빌 경우 그의 회사 같은 작은 회사가 버티는 게 가능할 리가 없다.

"잠깐만요······. 이러는 이유가 뭡니까?"

"뭘까요?"

사실 다른 곳이라면 이렇게 적대적으로 안 나간다. 하지만 노형진은 전생의 기억 때문에 한용태를 좋게 볼 수가 없었다.

'사기꾼 같으니라고.'

연예 기획사들의 계약은 터무니없는 조건의 노예 계약인 경우가 많은데 가장 흔한 경우가 바로 10년이 넘는 계약 기간과 모든 투자금이 회수될 때까지 수익을 나누지 않고 회사에서 다 가지고 가는 것이다.

심지어 잘나가는 걸 그룹이 멤버가 3집 활동을 하면서 단한 푼도 받지 못해서 사기를 쳤다가 구속되는 사건도 있었는데 그 이유가 회사에서 투자금과 수익금에 대해 말도 안 되게 속인 탓이었다.

가령 행사비로 300만 원을 받는다고 치면 이동에 들어가는 기름값에 인건비에 식비, 심지어 차량의 할부금까지 모조

리 가수에게 떠넘기는 식이다. 그러니 제대로 수익 분배가
될 리가 없다.

'아…… 진짜 내가 왜 이러고 있나 모르겠네.'

자신의 목적은 이게 아니었는데 어느 순간 이러고 있다는
사실에 노형진은 슬슬 짜증이 나고 있었다.

그는 변호사지, 사업가가 아니다.

"싫으면 마세요."

"헉!"

그게 도리어 한용태에게 위협적으로 다가왔다.

"잠시만요."

한용태는 그런 노형진의 팔을 잡았다.

"진정하시고……."

"저, 갈 곳 많습니다."

"아니요. 이야기를 좀……."

"나중에 찾아오세요."

"네?"

"찾아오시라고요."

노형진은 뒤도 돌아보지 않고 몸을 돌렸다. 그리고 한용태
는 뒤에 남아서 그가 나간 문을 멍하니 바라볼 수밖에 없었다.

뭉치면 살고 흩어지면 죽는다

"노 변호사, 왜 그렇게 화가 난 표정이야?"

"제가 뭐 하나 싫어서 말입니다."

"이것도 변호사 업무는 맞잖아?"

"그렇기야 하지만."

컨설턴트부터 지원. 그리고 계약서 작성과 회사 등기 업무까지 모든 것이 다 변호사의 업무는 맞다.

'그런데 내 취향은 아닌걸요.'

물론 변호사가 사건을 골라서 할 수는 없지만 말이다. 더군다나 정식으로 대룡에서 의뢰가 들어왔으니 안 할 수도 없다. 그것도 자신이 입안한 작전이니 더더욱 그렇다.

"자, 여러분들도 아시겠지만."

대룡에서 파견된 직원은 모여 있는 엔터테인먼트 회사들에게 설명하고 있었다.

"우리 대룡에서는 이번에 엔터테인먼트를 시작하면서 상생이라는 개념을 살려 여러분들과 함께 살아갈 방법을 찾아가고자 했습니다."

상생. 먼 미래에 정부와 국민들이 열망하는 개념. 모두가 함께 살아가자는 의미. 그러나 결국 실패하는 의미다. 대기업도 정부도 말로만 상생을 이야기할 뿐, 제대로 상생할 의지가 없었기 때문이다.

'뭐, 좋게 생각하자.'

컨설턴트란 말 그대로 한 기업의 방향을 조언해 주는 것을 말한다. 그리고 노형진이 제시한 방향이 바로 상생이었다. 물론 일반적인 상황이라면 헛소리가 될 것이다. 실제로 미래에도 실패했으니까.

하지만 지금의 대룡은 다르다.

성화와 싸움에서 승리하기 위해서는 국민들의 지지가 필요하다. 그래서 노형진의 조언을 잘 받아들였다.

"조건은 다음과 같습니다. 세부 조건은 추후 여러분들과 협상하겠지만 이 조건은 불변이며 거부하는 분은 바로 나가 주시기 바랍니다."

노형진이 그어 놓은 절대적인 마지노선. 그건 생각보다는 상식적인 말이었다.

첫째, 계약 기간은 데뷔 후 5년을 넘지 않는다.

둘째, 데뷔 후 수익 분배는 기간에 상관없이 최소 10%는 보장한다.

셋째, 어떠한 성적인 요구도 하지 않는다.

넷째, 어떠한 경우에도 이런저런 핑계로 금전을 요구하지 않는다.

다섯째, 순수익의 30%는 대룡엔터테인먼트에 지불한다.

여섯째, 조합에 참가한 기업들, 즉 조합원들은 대룡에서 제공하는 시설을 이용할 수 있다.

일곱째, 조합원이 아닌 기업은 시설을 이용할 자격이 없다.

"그럼 우리가 유리한 건 뭡니까? 이래서는 우리가 불리한데."

"당연히 대룡에서도 해 드리는 게 있습니다."

첫째, 공용 연습실을 만들어 제공한다.

둘째, 공용 차량과 스텝을 제공한다.

셋째, 대룡어패럴에서 필요한 의상을 제작하여 공급한다.

넷째, 방송국 주변에 공용 대기실을 만들어서 공급한다.

"흠……."

사람들은 신음을 흘렸다. 순수익 30%를 주는 대신 이런 조건이라면 나쁘지 않다.

"30%라……."

원래 가수 한 팀이 생기면 그 팀이 활동을 하든 안 하든 기본적으로 스텝과 차량이 있어야 한다. 문제는 그 팀이 잘나간다면 다행이지만, 그 팀이 휴식기이거나 잘나가지 못하거나 신인이라면 돈을 받으면서 노는 인력이 된다는 것이다.

"아직 신인이거나 행사가 많지 않은 인원들은 조합에서 차량과 스텝을 제공한다는 건가요?"

"네, 물론 조건은 있습니다. 한 달에 5회 미만의 행사를 한다는 조건이죠. 성공한 분들이 돈을 아끼겠다고 끌고 다니면 다른 사람들에게 민폐니까요."

그 말에 고개를 끄덕거리는 사람들. 하긴, 딱 그 정도가 애매한 수준이다. 그 이상이 되면 어찌 되었건 손익분기점은 넘으니까.

"연습실이라……. 연습실이 문제인데."

최소 수십 명, 아니 속한 사람들이 다 활동한다고 하면 백 단위를 넘어가는데 그 연습실을 구하는 건 쉬운 일이 아니다.

"연습실은 확보했습니다."

"뭐요?"

사람들은 깜짝 놀랐다. 벌써 연습실을 구하다니?

"경기도 근처의 폐교를 구입하여 리모델링 작업 중입니다."

"폐교? 아!"

노형진이 학교에 간다고 한 건 농담이 아니다. 다만 이제는 사라진 학교라서 약간은 다른 이야기이긴 하지만.

여러 가지 이유로 학교가 폐교하는 경우가 많다. 그런데 이 학교라는 게 폐교하면 여러 가지 문제가 생긴다. 일단 건물 자체가 특이하게 생겨서 다른 것으로 리모델링하기가 힘든 데다가 워낙 덩치가 커서 한 번에 팔기도 힘들다.

그렇다고 그걸 찾는 사람이 있는 것도 많은 게 아니다. 학교라는 게 돈 되는 자리에 있는 게 아닌지라 그 돈이면 차라리 상가를 하나 사는 게 더 수익이 나는 탓이다.

하지만 노형진은 다르게 생각했다. 학교는 대부분 규격화되어 있고 동선이 잘 짜여 있다. 그리고 잘 나가지 않아 주변에 비하여 상대적으로 시세가 싼 편이다.

"구입한 학교는 각 층에 스무 개의 교실이 있으며 네 층으로 구성되어 있습니다. 1층은 댄스 연습실이 될 것이며 2층은 나눠서 서른여섯 개의 보컬 연습실과 녹음실 및 휴게실이 될 겁니다. 3층은 탤런트나 코미디언 등을 위한 회의실 및 연습실, 4층은 아직 개인 숙소를 확보하지 못한 사람들을 위한 숙소로 만들어집니다. 별관 3층에는 체력 단련을 위한 헬스장이 만들어지며 1층과 2층에는 조합 사무실이 위치합니다. 강당은 무대 연습용으로 꾸며질 겁니다."

"숙소? 연습실? 무대 연습까지?"

"그렇습니다."

"흐음……."

그 말에 기획사 사장들은 손톱을 물어뜯었다.

기획사를 운영하면서 가장 돈이 많이 들어가는 곳이 어딘가? 당연히 부동산이다.

보컬 연습실, 댄스 연습실 그리고 연습생들의 숙소 등이 필요하기 때문이다.

'그게 공짜라면…….'

정말 공짜인 것은 아니다. 하지만 조합에 가입하고 30%의 수익을 내면 거의 공짜로 사용하는 셈이다. 일단 어지간하게 성공한 그룹이 아닌 이상, 수익의 대부분은 그 부동산 대여비로 나간다.

더군다나 빌리는 것 외에 새로 공사해야 하는 데에 들어가는 비용은 따로다. 성공한 연예인이 있다고 해도 뒤에 새로운 연예인을 준비하는 것은 엄청난 돈이 든다. 오죽하면 선배 가수가 번 돈이 후배 가수를 키우는 데에 들어간다는 말이 있을 정도다.

'교실이니 연습실로 쓸 만한 충분한 공간이 있을 테고…….'

학교에는 넓은 운동장이 있으니 주차장 문제도 해결된다.

'후후후, 과연 안 들어올 수 있을까?'

노형진은 자신이 있었다. 큰 곳이야 있어도 그만, 없어도 그만이겠지만 작은 곳들은 그게 아니다.

'차량+스텝+연습실+체력 단련실+무대 연습실+보컬 연습실+댄스 연습실+녹음실+숙소'의 조건을 갖춘 곳을 혼자서 구하려면 최소한 투자금의 80% 이상를 쏟아부어야 한다.

물론 방송국에 가는 게 문제이긴 하지만 어차피 무명일 때는 방송 녹화 여섯 시간 전에는 도착해서 기다리는 게 보통이다. 불운한 사고로 펑크라도 나면 몰락하는 건 순식간이기 때문이다. 실제로 방송국 주변에 가면 펑크가 나서 출연할 수 있지 않을까 하는 무명 가수들도 많이 있고 말이다.

더군다나 방송국 주변에 대룡이 준비한 대기실이 있으니 복작거리는 방송국 공용 대기실에서 준비할 필요도 없다. 개인 대기실은 진짜 성공한 가수에게만 주어지는 것이다.

'이건 대박이야…….'

반대로 대룡의 입장에서는 시설을 제공한 후에는 가만히 있어도 이들이 돈을 벌어 온다. 개개인에게는 지불해야 하는 비용이 적을지도 모르겠지만 그 숫자가 많은 데다가 누군가 망해서 나가도 어차피 기획사는 계속 생기며 재능 있는 애들은 소속사의 상태가 안 좋으면 넘겨받을 수도 있다. 그러니 동일한 규모의 임대업을 하는 것과 비교하면 훨씬 수익이 나은 편인 셈.

연예계의 강력한 입김은 덤이다.

"싫은 분들은 나가시면 됩니다."

하지만 나가는 사람은 없었다. 30%라는 조건이 까다롭기는 하지만 어차피 미래의 확실하지 않은 수익에 비하면 이쪽 조건이 너무 달콤했다.

"자, 그럼 계약하실 분은 이쪽으로."

노형진의 말에 사람들이 몰려들기 시작했다.

연예계는 발칵 뒤집혔다. 그동안 중구난방으로 흩어져 있
던 연예 기획사들이 대룡을 중심으로 한국엔터테인먼트조합
이라는 하나의 집단을 이룩한 것이다. 그리고 그곳에서 생각지
도 못한 정책을 발표했다.

-우리 조합에서는 이번에 사설 인증제를 도입하기로 했습니다.
현재 연예계에 수많은 기획사들이 존재하지만 그보다 더 많은 사기
꾼들이 존재합니다. 이에 우리 조합에서는 사설 인증제를 도입하여
소속이 아닌 기획사라 할지라도 신청한다면 공정한 과정을 거쳐서
인증하기로 했습니다. 인증한 기획사 중 소속 기획사의 경우라면 사
기와 같은 범죄로 인하여 피해가 발생할 경우 조합에서 일부 손해배
상을 진행할 것입니다.

안 그래도 사기꾼들이 바글거리는 것이 연예 기획사다. 그
런데 인증제를 도입함으로써 질이 좋지 않은 사기꾼들을 걸
러 내겠다는 말은 혼탁한 시장에 한줄기의 빛이 되었다.

"이거, 일이 너무 커지는 거 아닌가요?"

"커지는 건 아니라고 생각합니다."

노형진은 뉴스를 보면서 미소를 짓고 있었다. 뉴스에는 온통 그 이야기뿐이었다.

"어차피 한 번은 겪어야 하는 일입니다. 특히 사기꾼들이 많은 곳이 이곳이니까요. 사기꾼이 많을수록 자정하기가 힘들어집니다."

"하긴 그거야 그렇지만……."

말이 인증이지, 이게 정착되면 실질적으로 인증받지 못한 소속사는 생존할 수 없다. 인증받지 못하면 조합 가입도 불허되어 대룡에서 제공하는 시설의 사용 권한도 얻지 못한다.

그렇게 되면 막대한 자산을 들이부어야 하는 사업의 특성상 이익을 내는 것도 힘들어지니 당연히 회사의 생존율이 급감한다.

"그래도 생각보다 반항이 적군요."

무태식은 그게 의외라는 얼굴이었다. 기존의 세력에 새로운 집단이 들어온다면 당연히 강한 저항에 부딪치기 마련이다. 그런데 이번에는 저항이 거의 없었다.

물론 몇몇 기획사들이 거세게 반발하기는 했지만 대부분 사기를 목적으로 만들어진 집단들이었다.

"그럴 수밖에요."

공용 시설을 이용함으로써 매출의 80% 이상이 들어가는 투자비를 아낄 수 있게 된 데다가 대룡이 문화적 다양성을 인정하며 기획사 내부의 일에 대해서는 터치하지 않겠다는 의사를 명확하게 했기 때문이다.

이 덕분에 특히나 소속 가수가 한두 명쯤 되는 군소 소속사들은 아예 힘을 합쳐서 새로운 그룹을 만드는 등 빠른 적응력을 보이고 있었다.

'이쯤이면 충분하겠지?'

어찌 되었건 연예 기획사들이 움직이는 데에 있어서 충분한 자유와 이득이 존재하는 이상 그들이 따로 나가서 뭔가를 할 리는 없고, 단기적으로는 모르겠지만 장기적으로는 연예계가 대룡의 입김 아래서 움직이게 될 것이다.

그리고 그건 성화에게는 치명적인 독으로 작용할 테고 말이다.

'기대되는걸.'

"뭐라고?"

성화도 성화 나름대로 이번 사태를 심각하게 보고 있었다. 그들의 전략 팀이 이번 사태를 분석한 결과, 심각한 문제가 될 수도 있다는 사실을 알아낸 것이다.

"알다시피 대룡에서 대다수의 기획사들을 포섭했습니다. 일부 대형 기획사들 역시 그들에게 가입하는 것을 생각하고 있다는 정보가 있습니다."

"어째서?"

"그거야……."

그동안 기획사들은 광고를 주는 대형 기업들에게 철저하게 을이었다.

많은 사람들이 방송으로 많은 돈을 벌 거라 생각하지만 사실 방송은 그다지 많은 돈을 주지 않는다. 오히려 실질적으로 방송에서 나가는 것은 특수한 경우를 제외하면 적자라고 보는 것이 맞다. 그럼에도 불구하고 방송에 나가는 이유는 방송만큼 강력한 홍보 매체가 없기 때문이다.

"만일 그들이 뭉치게 된다면 분명 우리에게 반기를 들 것입니다."

특히 성화는 그런 연예계의 생리를 이용하여 갑질 하는 걸로 유명했다. 그래서 그동안은 연예 기획사들이 뭉쳐서 저항할 일이 없었던 것인데, 이번에는 제대로 뭉쳐서 움직이기 시작했다.

더군다나 그 중심에는 한창 전쟁 중인 대룡이 있었다.

"젠장, 망할 대룡 녀석들. 진짜 우리를 죽일 생각인 거냐?"

"그럴 겁니다."

"영화관은 어때?"

"영화관에서는 아직은 큰 피해가 없습니다. 도리어 수익이 늘어났습니다."

"수익이 늘어나다니?"

갑자기 영화관의 수익이 늘어났다는 것을 단순하게 좋게 볼 수만은 없었기에 성화에서도 고민이 많았다.

"군소 영화관들이 대대적으로 동시에 리모델링에 들어갔습니다. 또한 그들이 뭉쳐서 대룡의 체인점 서비스에 가입하고 있습니다."

"대룡의 서비스에?"

"네, 리모델링이 끝나면 대룡은 우리보다 상영관을 기준으로 따지면 두 배가 넘는 영화관을 보유하게 됩니다."

"하지만 시설이 나쁘잖아?"

"그러니까 리모델링을 하는 겁니다. 대룡에서 지원해서 하는 것이니 제대로 고칠 테고, 그렇게 된다면 우리가 질적으로도 불리해집니다."

성화가 오픈한 씨네월드는 슬슬 사람들에게 익숙하다는 느낌을 주고 있었다. 하지만 이는 좋게 말한 것이고, 나쁘게 말하면 지겨워지고 있다는 뜻이 된달까?

"대룡 녀석들, 도대체 어떻게 이런 생각을……."

자신들에게 저항조차 하지 못하고 망해 가는 작은 기업들을 뭉쳐서 저항할 거라고는 생각도 못했다.

"이번 사태의 주범은 아무래도 그 변호사인 듯합니다."

"변호사? 그 노형진이라는 인간 말이야?"

"그렇습니다."

이것이 법이다

"끙…… 망할 놈이군. 지난번 사태 때도 그 녀석이 방해한 거 아냐?"

"그럴 거라 예상합니다. 그 당시에는 변호사가 아니었지만 학생이었던 그의 존재가 드러난 걸로 봐서는 그가 방해한 것이 확실합니다."

노형진은 친자 확인 소송 때 스스로 미끼가 되어 추적자들을 유인한 적이 있었다. 그러다 보니 성화에서는 그의 존재에 대해서 알고 있었지만 아주 크게 신경 쓰지는 않았다.

그러나 그가 변호사가 되고 대룡과 같이 자신들과 싸우는 새론에 들어간 것을 단순히 우연이라고 치기에는 너무 작위적이었다.

"그런 녀석이 왜 우리 정보망에 안 걸린 거야?"

"실책입니다."

유명한 녀석이기는 하지만 그동안의 정보를 봐서는 대기업에 투신할 성향으로 보이지 않았던 것이다. 물론 그건 반은 맞고 반은 틀린 가정이었다.

그들이 생각하는 투신이라는 것은 그 회사에 입사하여 충성을 다하는 것이지만, 노형진은 새론도 그렇고 대룡도 그렇고 엄밀하게 말하면 기브 앤드 테이크, 즉 주고받는 관계일 뿐, 그들에게 종속된 존재가 아니었다.

"대책은 없는 거야?"

"청계 측에서도 방법을 알아보고 있다고 하지만……."

변호사라는 존재는 국가에서 신분을 보장하는 사람들이다. 아무리 청계라 할지라도 어떠한 범죄의 사유도 없이 한 사람의 변호사 자격을 박탈할 수는 없다.

"그럼 이 사태를 어떻게 해결할 거야?"

"결국 똑같은 집단을 만드는 수밖에 없을 것 같습니다."

"또 말인가?"

"네, 아직은 대룡 측에 붙은 기업들은 대부분 작은 곳들입니다. 그러니 큰 곳들 위주로 우리가 싹쓸이하면 될 거라 생각됩니다."

"그렇지."

어찌 되었건 연예 기획사들은 큰 곳에서 버는 돈이 작은 곳에서 버는 돈보다 많을 수밖에 없다. 당장 C급 연예인의 경우에는 1회 출연료가 백 단위지만, 특A급이라면 수천만 원이 넘어가니까.

"그쪽에 연락해 봐. 우리 쪽에서 집단을 만들 테니 가입하라고."

"네."

"이번에는 대룡에 밀려서는 안 돼!"

그동안 계속된 패배로 인해 내부에서도 말이 많은 상황이다. 전체적으로 비등한 상황이라고 하지만 실질적으로 두 번의 큰 패배 때문에 분위기가 더욱 안 좋게 흘러가고 있었다.

"이번에는 꼭! 이겨야 해!"

성화는 그렇게 승리를 다짐했다.

⚖️

"역시나 그렇군요."

노형진은 보고서를 받고는 한숨을 쉬었다. 대룡이 가장 먼저 만들었기 때문에 상대적으로 묻혔다고 하지만 예상대로 성화 역시 비슷한 집단을 만들어서 대응하기로 한 것이다.

사단법인이라는 것 자체가 누가 만들든 상관없는 구조인 거니까.

"예상했나?"

"솔직히 그렇습니다. 유 회장님도 그러셨잖습니까?"

"부정은 못 하겠네."

자신이 당하는 입장이라 해도 스스로 생각할 수 있는 일이라고는 비슷한 조직을 만들어서 대항하는 것뿐이다. 그게 지금까지의 싸움이었다. 기업들은 다 그렇게 생각할 테니까.

"그런 식으로 싸우면 결국 제 살 깎아 먹기가 됩니다."

"그렇지."

"그러니까 우리는 다른 방식으로 싸워야 하지요."

"그건 알겠네. 그럼 저쪽에서 이렇게 나온다면 어떤 방식으로 저항할 건가?"

"당연히 아래쪽에서 치고 올라가야지요."

"치고 올라간다?"

"네."

연예 기획사들에는 여러 형태가 있다.

하지만 가장 많은 양을 보유하고 있으며 가장 많이 돈이 되는 사람들은 역시 가수라고 할 수 있다. 하지만 노형진은 가수를 노릴 생각이 없었다.

"저작권 관리 권한을 달라고요?"

이해하지 못한다는 표정으로 자신을 바라보는 사람들.

그들은 다름 아닌 댄스 트레이너, 또는 안무가라고 불리는 사람들이었다. 그들은 자신을 찾아온 사람들에게서 당황스러운 부탁을 받았다.

"그렇습니다. 이제 여러분들의 춤에 대한 권리를 확실하게 보장받아야 할 때가 아닙니까?"

노형진의 말에 트레이너들은 고개를 갸웃했다.

"춤에 저작권이 있습니까?"

"있습니다."

정확하게 말하면 일부가 있다고 봐야 한다. 인간의 육체가 표현할 수 있는 행동에는 한계가 있기에 춤이라는 행위에 대한 저작권을 주장하게 되면 춤을 개발하고 추는 것 자체가 극도로 제한되기 때문이다.

그러나 노형진은 다른 걸 노리고 있었다.

'기록에 따르면 분명히 이때쯤이지?'

원래 춤에 대한 저작권은 존재하지 않았다. 아니, 아예 저작권에 대해서 생각하지 않았다. 하지만 유명 안무가 한 명이 소송을 넣으면서 저작권에 대한 인식이 바뀌었다.

춤의 동작 하나하나에 대한 저작권은 인정하지 않지만 같은 흐름을 탄 일련의 동작들은 저작권으로 보호받을 수 있다는 것이다.

물론 다른 저작물과 다르게 인간이 표현할 수 있는 한계가 작기 때문에 그 기간이 길지 않고 가수가 그 노래를 가지고 활동하는 기간에 한한다는 조건을 달기는 했지만 어찌 되었건 정식으로 저작권에 대한 인식을 법원으로 허가받은 게 이 시점이었다.

"그러니까 여러분들이 저희에게 저작권을 주신다면 저희가 그 관리를 해 드리겠습니다. 전국에 있는 수많은 댄스 교습소에서는 여러분들이 힘들어서 만들어 낸 춤을 땡전 한 푼 내지 않고 사용하고 있습니다. 그런 상황에서 여러분들은 제대로 된 수익을 내지 못하고 있지 않습니까?"

"그거야…… 그렇지만……."

춤을 만들어 내고 난 뒤에 이들이 받는 것이라고는 고작 몇백만 원의 수고비와 지속적으로 가수들을 훈련시켜 주는 트레이너비가 전부다. 말 그대로 좋아서 할 뿐이지, 크게 돈이 되는 일은 아니다.

"더군다나 우리에게는 함께하는 수많은 기획사들이 있습

니다."

"음……."

아직 유명하지 않지만 수많은 기획사들이 가입되어 있는 조합이다 보니 가수가 많아 소모되는 춤이 많다. 그건 자신들의 수익과 직결된다는 뜻이다.

"또한 우리 조합에서는 트레이너비와 더불어서 정식 공연에 한하여 무대 1회당 3만 원의 보상금을 지불할 것입니다."

"3만 원!"

그 말에 안무가들은 입을 쩍 벌렸다.

가수마다 다르지만 제법 유명한 가수들은 행사부터 방송까지 합한다면 한 달에 100건 정도 행사를 할 수 있다. 그렇다면 총 300만 원의 수입이 생기는 것이다. 그것도 트레이너비와 별도로 말이다.

"하겠습니다!"

이런 조건이라면 거절할 이유가 없다. 더군다나 연습실마저 공유한다고 하니 연습실 유지 비용도 적어질 것이다.

"잘 생각하신 겁니다."

노형진은 미소를 지었다.

⚖️

예안엔터테인먼트. 이곳은 한국의 5대 엔터테인먼트 중

한 곳이었다. 그리고 그곳의 사장은 한때 유명한 가수이기도 했다.

"끙…… 그냥 가수나 할걸."

가수를 할 때는 몰랐던 정치적인 문제 때문에 예안엔터테인먼트 사장인 박유림은 머리를 부여잡았다.

"성화 때문에 그런가요?"

"그래, 이 미친놈들이 자기 아래로 들어오란다."

성화는 비슷한 구조를 가진 형태를 만들었지만 대룡과 그 형태만 비슷했지, 그 내용은 완전히 달랐다. 실질적으로 자기들 아래에 들어와서 움직이라는 소리를 했기 때문이다.

"안 들어가면……."

"보복할 텐데……."

그렇게 되면 자신들은 버틸 수가 없다. 아무리 예안엔터테인먼트가 5대 기획사 중 한 곳에 들어간다고 하지만 성화에 비하면 말 그대로 조족지혈일 뿐이다.

"그래도 연습실 운영비에 비하면 유리한 거 아닙니까?"

"닝기미! 말이 되는 소리를 해야지. 그게 연습실이냐?"

가장 큰 문제는 연습실이었다. 당장 성화가 대룡을 따라 하다 보니 가장 중요한 것은 연습실과 기타 부대시설을 확보하는 것이었는데 정작 그 용도로 쓸 만한 공간이 없었던 것이다.

일반 건물에서 확보하자니 그 가격이 터무니없이 비쌌다.

그렇다고 학교 건물을 확보하자니 유민택 역시 그들이 그렇게 나올 거라고 예상하고 서울과 경기도권의 폐교를 모조리 선점한 상태.

결국 성화가 구한 연습실은 강원도에 있는 곳이었다.

"장난하는 것도 아니고 강원도에서 어떻게 다니라고!"

아예 무명이나 연습생이라면 모를까, 그의 소속사에 있는 가수들은 제법 유명해서 행사가 많은 사람들이다. 다른 곳도 아닌 강원도에서 다닐 수 있는 사람들이 아닌 것이다.

설령 가능하다 하더라도 사용할 수도 없는 연습실이라는 뜻인데 누가 거기에 돈을 주고 들어가겠는가?

"그럼 대룡으로 가야 합니다."

성화의 뜻을 거스를 거라면 혼자서 하면 안 된다. 그렇다면 남은 건 대룡뿐이다.

"하지만……."

그는 거대 기업이 이 사업에 끼어드는 것이 마음에 들지 않았다. 물론 좋은 의미로 들어왔다고 하고 또 상당히 공평한 계약이라고 하지만 거대 기업이라는 것 자체가 싫었다.

"성화냐…… 대룡이냐……."

그 역시 성화와 대룡이 전쟁 중인 걸 알고 있었기에 결국 둘 중 하나를 골라야 한다는 것을 알고 있기는 했다. 대룡에 가입하면 성화가 가만두지 않을 테고 성화에 들어가면 대룡이 자신들을 공격할 것이다.

이것이 법이다

"아니…… 이게 무슨 난리야."

생각지도 못한 일에 고민하는 그때였다.

"사장님, 손님이 오셨는데요."

"손님?"

"네."

"무슨 손님?"

"노형진 변호사라고 하십니다."

"노형진?"

익히 들었던 이름이다. 이번 대룡의 조합을 만든 1등 공신이라고 하던가?

"들어오시라고 해요."

상대방이 상대방인 만큼 그는 피할 수 없다는 사실을 알고는 그곳으로 향했다.

"반갑습니다. 노형진입니다."

"박유림입니다. 그런데 어쩐 일이십니까? 설마 대룡이 만든 조합에 가입하라는 말씀이십니까?"

그는 아직 그럴 생각이 없었다. 자신들이 가진 연습실이 있기 때문에 대룡에서 제공하는 것이 그다지 급하지도 않고 말이다.

"아닙니다. 그건 강제할 일은 아닙니다. 자발적으로 해야 하는 일이죠."

"그런데 대룡에서 어쩐 일이죠?"

"이번에 춤에 대한 저작권 관리 권한이 저희 한국엔터테인먼트조합에 넘어왔습니다."

"춤에 대한 저작권?"

"네."

"그게 무슨 말도 안 되는……."

"말이 안 된다고 생각하십니까?"

능글맞은 미소를 만드는 노형진. 하지만 박유림은 그게 어쩐지 무섭게 보였다.

"얼굴을 찍은 사진에도 초상권이라는 권한이 있습니다. 일반 풍경을 찍은 사진에도 저작권이 있습니다. 그런데 안무가가 만든 춤에 저작권이 없다는 건 말도 안 됩니다."

"그런 소리는 들어 본 적이……."

"그런 소리는 이제 들어 보시게 될 겁니다."

"무슨 소립니까?"

"당연히 저작권 관리 권한이 넘어왔으니 그에 관한 권리를 행사하려는 거죠. 현재 귀사에서 활동하고 있는 댄스 그룹의 춤에 대한 공연 금지 가처분 신청을 낼 예정입니다."

"뭐라고요!"

박유림은 깜짝 놀라서 벌떡 일어났다. 이 시대에 최대의 그룹은 다름 아닌 댄스 그룹이다. 목소리보다 비주얼이 더 중요한 시대다. 당연히 군무를 통한 퍼포먼스가 인기에 막대한 영향을 끼친다.

"그런 법이 어디 있습니까!"

"여기 있지요."

대부분의 연예 기획사들은 안무가들을 홀대한다. 더군다
나 가수들도 해당 춤에 대한 연습을 충분히 한 상황인지라
딱히 댄스 연습을 하지도 않아서 안무가는 트레이닝비도 받
지 못하는 상황.

"상식적으로 무려 4개월에 걸쳐서 만들어 낸 춤을 고작
200만 원의 사례금을 지불하고 나서 몇 년째 써먹는 건 예의
가 아니지 않습니까?"

"저희는 이번에 모두의 상생을 위해서 활동하고자 하는 겁
니다."

"그러면 우리는 어쩌란 말입니까!"

"어쩌기는요. 소송해서 이기시거나 우리 조합에 가입해서
정식으로 사용료를 내놓으셔야지요."

그 말에 박유림은 정신이 아득해지는 기분이었다.

'노렸구나.'

발라드 가수라면 모르겠지만 요즘 대세는 댄스 가수다. 그
리고 다른 곳도 아닌 대룡에서 공연 금지 가처분 신청을 낸다
면 재판 결과야 어떻든 간에 나중에 인정받을 가능성이 높다.

그렇게 되면 활동은 실질적으로 불가능하며 한 달이 멀다 하
고 신인이 나오는 이 세계에서 치명적인 문제일 수밖에 없다.

"으윽."

노형진은 그를 보면서 미소를 지었다.

'결국 기본의 문제지.'

어떤 분야든 가장 아래에 사람이 있어야 그 분야가 존재할 수 있기 마련이다. 그러나 한국에서는 대부분의 사람들이 정작 아래에서 움직이는 사람들을 무시하는 경향이 강하다.

당장 댄스만 해도 그렇다. 춤이며 노래며 하나같이 만드는 게 쉽지 않다. 그나마 음악은 보호받는다지만 그건 작곡가 협회라는 곳 덕분에 강한 힘을 가지고 있기 때문이다.

'결국 그런 사람들을 뭉치게 만든다면.'

그리고 그들을 자신들의 아래에 놓을 수 있다면 하나의 직업 체계를 흔드는 건 일도 아니다.

"조건이 뭡니까?"

"조건은 공평한 수익의 분배죠. 말 그대로 댄스의 저작권료를 내시라는 겁니다."

"하지만 수익이……."

"협회에 들어오시면 되지 않습니까? 연습실에 녹음실까지 있는데 뭐가 걱정입니까?"

"끄응……."

맞는 말이다. 그런 유지비만 뺀다고 해도 충분히 돈을 줄 수도 있다. 당장 연습실에 들어가는 비용만으로도 한 달에 200만 원이 넘는다.

"성화가 진출한다는 사실도 알고 있는 겁니까?"

"알지요."

어떻게든 벗어나고자 성화를 팔아 봤다. 하지만 노형진이 이런 작전을 짜면서 성화의 존재를 감안하지 않았을 리가 없다.

"제가 모르고 할 것 같습니까?"

"끄응……."

모든 걸 알고 다가오는 상대방에게 저항할 방법은 없다. 더군다나 여러모로 봐도 성화보다는 대룡이 훨씬 좋은 조건을 제시하고 있다.

"툭 까고 말해 봅시다. 진짜 성화로부터 지켜 줄 수 있습니까?"

"있지요. 그리고 새로운 유통망을 만들 수도 있지요."

"새로운 유통망?"

"솔직히 30%는 너무 짜지 않습니까? 안 그래요?"

"……!"

박유민에게 있어 다른 말보다 그 말이 더 크게 다가왔다. 솔직히 연습실 같은 건 아직 데뷔하지 못한 연습생이나 신인이 많은 곳에는 좋지만, 그의 회사처럼 완성된 가수들이 포진한 곳에는 그다지 의미가 없었다.

그러나 방금 전의 그 말은 무엇보다 군침이 도는 말이었다.

"7 대 3으로 하죠."

"뭐라고요?"

"우리 조합에 가입하면 대룡에서 제공하는 새로운 유통망을 이용하실 수 있습니다. 조건은 7 대 3. 우리가 3입니다."

현재 성화엔터테인먼트가 운영하는 '포도'라는 음악 사이
트가 한국 전자 음반 시장의 80% 이상을 차지하고 있다. 그
결과, 분배율이 너무 심하다 싶을 정도로 차별이 심해서 그
들이 70%를 연예 기획사가 30%를 먹는 구조로 되어 있다.
그들이 유통망을 꽉 잡고 있기 때문이다.

"그렇지만 그렇게 되면…… 운영비나 간신히 나올 텐데요?"

문제는 대룡이라 할지라도 수익의 30%라고 하면 운영비
나 간신히 나올 거라는 뜻이다.

"지금이야 그렇지요."

"지금이야?"

"하지만 미래는 아니겠지요. 우리에게는 연습실을 빌려주
는 게 있으니까요."

"아……."

연습실 대여. 조합에서 활동하려면 순수익의 30%를 내야
한다. 더불어서 따로 만든 유통망에서 30%를 낸다면 대룡에
서 가지고 가는 수익은 못해도 40% 이상이 된다는 뜻이다.
적은 것이 아니다.

'하지만…… 성화보다는 확실히 적다.'

더군다나 성화 쪽은 그냥 유통만 시켜 주고 70%를 받아
가는 반면, 이쪽은 여러 가지 혜택이 있다.

"음……."

그는 잠시 고민하다가 고개를 끄덕거렸다. 그런 조건이라면 성화에 연연할 이유가 없다.

'하긴…… 이런 조건이면 성화라고 해도 어찌할 수가 없지.'

일단 한번 만들어진 집단이다. 만일 대룡이 여기서 발을 뺀다고 해도 한번 뭉친 사람들이 쉽게 흩어지려고 하지는 않을 것이다. 그렇다면 성화가 섣불리 장난을 치지는 못한다.

"좋습니다. 가입하겠습니다."

⚖

"뭐라고?"

방송국의 최대 수익처는 뭘까?

수신료?

아니다. 방송국의 최대 수익처는 다름 아닌 광고다.

단 몇 초의 광고가 엄청난 수익을 만든다. 이는 영화관에도 적용되는데, 가령 2시 영화라고 하면 최소한 20분 전에 입장을 시작한다. 그러나 영화 자체는 정작 2시 20분이나 2시 30분에 시작하며 그 전까지는 광고가 나오는 게 보통이다.

"왜 이렇게 매출이 떨어지는 거야?"

그런데 그 광고 매출이 급속도로 떨어지고 있었다. 처음에는 몰랐지만 지금 살펴보니 광고 시간을 20분도 못 채울 정도로 광고가 줄었다. 기존에 광고를 맡기던 업체들이 한 자리라도 차지하려고 했던 걸 생각하면 있을 수가 없는 일이었다.

"대룡입니다."

"대룡? 그 새끼들이 무슨 짓을 한 건데?"

"광고 없는 영화관을 만들었답니다."

"광고 없는 영화관? 그게 가능해?"

"그게……."

생각지도 못한 상황에 성화의 부장은 뭐라고 말할 수가 없었다. 광고 없이 어떻게 영화관을 운영한단 말인가? 그런데 그 말을 들어 보니 완전 뒤통수 치기였다.

"이걸 보십시오."

작은 모니터에 뭔가를 틀어 주는 부하 직원.

그것은 일종의 짧게 만들어진 예능이었다. 나오는 사람들이 유명한 사람들은 아니지만 그래도 짜임새 있게 잘 만들어진 물건이었다.

"이게 뭔데?"

"이게 광고입니다."

"뭐?"

광고라고 하면 뭐가 좋다거나 어디로 오라는 것과 같은 내용으로 만들어져야 한다. 그런데 아무리 봐도 이건 그냥 예능이었다. 다만 유명하지 않은 아이들이 나올 뿐.

"PPL입니다."

"PPL?"

"그렇습니다. 협회 차원에서 전처럼 뻔한 광고가 아닌 예능처럼 PPL 프로그램을 만들어서 상영 중입니다."

"그게 무슨 말이야?"

방법은 간단했다. 광고하고자 하는 회사가 돈을 지불하면 협회에서는 소속된 무명의 연예인들을 통해서 싸게 국민들이 볼 만한 가벼운 예능을 만든다. 그리고 틀어 준다.

그 안에서 광고 대상이 되는 것이 지속적으로 노출되면서 자연스럽게 광고가 된다. 무명의 연예인들은 상대적으로 버는 돈이 적기는 하지만 관객들에게 자신에 대해서 알릴 수 있어서 좋고, 관객들은 지루하고 뻔한 광고 대신 즐거운 예능을 볼 수 있어서 좋고, 의뢰인은 광고 효과를 볼 수 있어서 좋다.

그야말로 서로 윈윈하는 전략.

"모든 광고들이 그쪽으로 빠지고 있습니다. 그뿐만 아니라 관객들 역시 그쪽으로 빠지고 있습니다."

이쪽은 비싸고 지루한 광고를 봐 줘야 하는데 저쪽은 싸고 곳곳에 있으며 지루한 광고 대신에 예능을 볼 수 있다. 관객들이 어디로 갈지는 너무나 뻔한 일이었다.

"이런……."

생각지도 못한 공격이었기에 부장은 멍하니 실적을 바라보았다. 대룡의 영화 체인점인 무비하우스가 생기고 나서 매출이 급락하고 있었다.

"이거…… 어떻게 방법이 없나? 우리도 똑같은 거 어떻게 만들 수 없어?"

"그게…… 방법이…….."

부하 직원은 할 말이 없었다. 자신들도 그렇게 생각했다. 일단 그들을 따라 하기로 말이다. 하지만 시작하려고 하자 방법이 보이질 않았다.

게다가 쓸 만한 연기자들이나 아이돌들은 모조리 협회 소속이다. 즉, 그들을 쓰면 대룡에 돈을 줘야 하는 상황이 되어 버리는 것이다. 아직 속하지 않은 사람을 쓰자니 아주 유명한, 그래서 개인적으로 움직여도 되는 사람인지라 가격이 터무니없이 높았다.

더군다나 예능은 짜잔 하고 만들어지는 게 아니라 전문적인 PD나 스토리 작가가 있어야 한다. 하지만 그런 사람 중 능력 있는 사람은 모조리 엔터테인먼트 협회에 속해 있었다.

"사람을 구할 수가 없습니다."

참혹한 말이었다.

부장이 멍하니 그 직원을 바라보고 있는데 때마침 전화기가 울렸다.

"서 부장."

"사…… 사장님."

"당장 올라오게."

그 말에 부장은 눈을 질끈 감았다.

정당한 방어

"성화가 킬러 안 보내냐?"

"네?"

"아니, 그럴 것 같아서."

"설마요."

성화는 대룡에 심각하게 밀리고 있었다. 영화관의 수익은 점점 떨어지고 있는데 답이 보이는 상황이 아니었던 것이다.

어떻게든 활로를 만들어 보려고 했지만 아예 기본이 되는 출연진 시장을 대룡이 꽉 잡고 있었기 때문에 부랴부랴 만든 사람들은 소속사마저 잡지 못한 연예인이라고 하기도 힘든 수준의 연기자들이었다.

결과적으로 영화관의 점유율은 단 한 달 사이에 완전히 바꿰어 버렸다.

"뭐, 그렇게까지 하겠습니까?"

"그럴지도 모르죠."

무태식 변호사는 설마 킬러를 보내겠느냐고 웃고 말았지만 노형진은 마냥 웃을 수가 없었다.

'설마가 사람 잡지.'

킬러도 아니고 국정원까지 보냈던 것이 바로 대기업이다. 지금이야 자신이 부담스러울 정도로 유명한 상황이니 그냥 둘지도 모르지만 나중에는 모른다.

'안전 문제를 확보해야 할지도 모르겠군.'

최소한 호신술이라도 배워야 할지도 모른다.

"수익은 어때요?"

"나쁘지 않아."

대룡이 수익의 10%를 범죄 피해자를 위한 기부금으로 적립하겠다는 약속을 지키자 안 그래도 대룡의 영화관인 무비하우스에 오던 사람들의 수는 그 소식을 듣고는 더욱 몰려들었다.

기왕 보는 거, 좋은 일을 하자는 사람들의 심리가 작용한 것이다.

'그 무슨 신발하고 같은 현상인 건가?'

어떤 신발 회사가 신발 하나를 사면 똑같은 신발을 아프리카의 빈민들을 위해서 기증하겠다는 약속을 하자 신발의 판매량이 급증한 적이 있었다. 어찌 보면 지금도 그것과 같은 현상일 수 있다.

물론 영원한 건 아니지만 사람에겐 관성이 있다. 한번 갔던 영화관으로 계속 가는 것이다. 그게 바로 점유율의 위력이다.

그 덕분에 대룡에서는 수많은 범죄 피해자들에 대해서 구제 지원을 하고 있었고 따로 광고할 필요도 없이 기업의 이미지는 좋아지고만 있었다.

"일단 우리에게도 좋은 일이지요."

당연히 법적인 문제는 새론에 돌아와, 새론 역시 엄청나게 인력을 증원하는 중이었다.

"다음 문제는 그 모금받은 돈을 어떻게 하느냐는 건데요."

보통 모금하는 것은 일반적으로 정부에서 허가받은 곳에서 하기 마련이다. 하지만 얼마 전 있었던 일로 다짜고짜 새론으로 돈을 보내는 사람들이 생겨서 생각지도 못한 문제가 되고 있었다.

"거참! 사람들, 물어보고 보내 주든가 하지."

사람들이 이렇게 막대한 모금액을 주는 이유는 얼마 전 벌어진 집단 강간 사건 때문이다. 특정 지역에서 벌어진 집단 강간으로 인하여 분노한 노형진과 새론은 피해자를 방어하는 데에 전력을 다했는데, 그게 소문이 나자 너도 나도 아이를 돕고 싶다면서 무작정 새론에다가 돈을 보내 준 것이다.

물론 나름 방어하는 데에 성공하기는 했다. 물론 나름이라는 건 말 그대로 피해자만 지켰다 뿐이지, 가해자에게 적당한 처벌이 떨어졌다는 뜻은 아니다.

'원래 역사에서도 그러더니.'

아니나 다를까, 가진 집안의 사람들이라는 이유로 범인들은 대부분 처벌받지 않은 채로 풀려났고 지금도 떵떵거리면서 잘 살고 있었다.

"일단 그거 피해자 아이한테 주도록 하죠."

"그거 현행법 위반인 거 알지?"

국가의 허가를 받지 않은 단체에서 모금하거나 그 모금액을 누군가에게 주는 건 명백한 현행법 위반이다. 모금하기 위해서는 국가에 신고해야 한다.

당연히 새론은 법무 법인이니 그런 권한이 있을 리가 없다. 그러나 노형진은 쿨하게 선을 그어 버렸다.

"좆 까라 그래요. 사람이 만든 게 법인데, 법을 지키라고 사람을 죽일까요? 우리가 그런다고 정부에서 뭐라고 할 건데요? 그까짓 벌금, 제가 내고 맙니다. 아시죠? 저, 돈 많아요."

그 말에 피식 웃는 송정한. 아마도 노형진이 그렇게 나올 거라고 생각하고 있었던 모양이다.

"차라리 모금된 걸 돌려주고 그 벌금을 주는 게 좋지 않아요?"

"전 아니라고 생각합니다. 일단 금액적 차이는 둘째 치고. 우리가 주면 불쌍해서 주는 것밖에 안 되지만 다른 사람들이 모아 준 건 세상 사람들이 그 아이를 믿고 도와주고 있다는 증거가 됩니다. 돈의 가치보다 그런 정신적 가치가 더 중요할 때도 있는 법입니다."

노형진의 말에 송정한도 고개를 끄덕거렸다.

"맞네. 우리가 차가운 법을 공부하고 있지만 원래 법은 따뜻해야 하네. 그런데 차갑게 숫자만 판단한다면 승리는 할지언정 그들의 상처는 돌보지 못하겠지."

"알겠습니다."

담당 직원은 피식 웃음을 지었다. 그 마음을 그 역시도 느낄 수 있었기 때문이다.

그런데 민시아 변호사는 불만으로 가득한 얼굴이 되었다.

"하지만 그래도 결국은 타인이잖아요."

"민 변호사님, 왜, 불만이라도 있어요?"

"그 망할 녀석들 말이에요. 결국 풀려났잖아요."

"그렇지요."

부모라는 작자들이 온갖 압력을 다 동원해서 대부분이 풀려났다. 주동자들은 죄다 풀려나고 처벌받은 것은 어이없게도 그들과 따라다니면서 그들의 심부름이나 하던 양아치들뿐이었다.

물론 그놈들이 불쌍한 건 아니지만 집단 강간을 주동했던 놈들이 풀려난 게 민시아 변호사는 불만이었다.

"어쩌겠습니까, 우리나라 법 체계는 피해자들을 아예 배

정당한 방어 **287**

제시켜 버리는데?"

"그럼 방법이 없나요?"

"없긴요. 민사 가야지요."

"그러니까요. 민사가 있는데 왜 그냥 넘어가느냐는 거예요."

민시아 변호사는 당장 민사를 걸고 싶은 것 같았다.

노형진은 그녀를 위해서라도 한마디는 설명해 줘야 할 것 같았다. 어차피 하게 된다면 가장 먼저 뛰어갈 건 그녀이니 말이다.

"그 녀석들이 미성년자라서 그런 겁니다."

"네?"

"미성년자라서 안 하는 겁니다."

"설마 어리다는 이유로 안 한다고요? 노 변호사님! 그런 변명을 가장 싫어하지 않았어요?"

"이런, 오해하지 마세요. 어려서 하지 않는 게 아니라 어리기 때문에 기다리는 겁니다."

"기다린다?"

"네."

범인들은 죄다 미성년자다. 당연히 지금 민사소송을 하게 되면 그 소송 당사자는 법정대리인인 부모가 되어 버린다. 물론 그렇게 되면 지금 돈을 제법 많이 받을 수도 있다.

그러나 그 후에는?

끝이다.

그들은 제대로 처벌받지도 않을 테고 민사를 해 봐야 결국 부모가 주는 돈으로 벌금을 내고 전처럼 평화롭게 살 것이다.

"제가 미쳤다고 그 꼴을 봅니까?"

"그럼 어떻게 하시려고요?"

"당연히 성인이 되면 해야지요."

성인이 된 후에 민사를 하면 부모가 돈을 준다고 해도 어차피 당사자는 본인이 된다. 즉, 재판에도 본인이 나와야 하며 사건의 반향도 본인이 감당해야 한다.

"그렇게 된다면 전 아주 합법적으로 그 새끼들을 사회적으로 매장할 수 있다는 거죠. 후후후."

"아…… 전 그것도 모르고……."

"아닙니다. 그 계획을 말하지 않은 건 저니까요."

민사의 무서움은 단순히 돈이 아니다. 지금 받으나 그때 받으나 돈의 차이는 없다. 하지만 노형진은 돈이 있다는 이유 하나만으로 그렇게 풀려나서 깨끗한 사람인 척 살 수 있게 놔둘 생각 따위 없었다.

'내가 이런 방법은 잘 쓰지 않는데.'

법을 잘 이용하면 상황에 따라 사람을 사회적으로 매장하는 것은 일도 아니다. 다만 그게 극도로 잔인한 짓이라 노형진이 별로 좋아하지 않을 뿐이었다.

하지만 이번만큼은 도리어 그 녀석들이 성인이 되기를 기다릴 만큼 이를 바득바득 갈고 있었다.

"걱정 마세요. 안 그래도 저희도 움직이고 있습니다."

심지어 고문학조차도 미소를 지으면서 민시아 변호사를 진정시켰다.

"그 녀석들은 계속 추적 중입니다."

"몰랐어요."

"한 사람을 몰락시키는 작전을 준비한다는 게 주변에 알려 져서는 좋을 게 없으니까요. 그러니까 여기 계신 분들도 그 부분은 감안하시고 비밀을 지켜 주셨으면 합니다."

노형진의 말에 다른 사람들 모두 고개를 끄덕거렸다.

"전 말입니다. 개인적으로 내가 잘 사는 게 복수라는 말은 개소리라고 생각합니다. 진정한 복수는 그들이 가장 행복할 때 가장 지옥으로 처박아 주는 겁니다. 그리고 저 역시 그날 을 기다리고 있습니다. 후후후."

"역시…… 노 변호사…… 서비스까지 확실하다니까. 하하하!"

송정한이 기대된다는 듯 그렇게 웃음을 터트리는 그때였다.

"노 변호사님."

"응?"

회의를 계속하는 중이었는데 여직원이 그를 불렀다.

"무슨 일이세요?"

"최 부장님이 전화하셨는데요?"

"최 부장님?"

최 부장이라고 불리는 사람은 이번에 대룡에서 피해자 구제 자금을 운영하는 사람이었다.

"무슨 일이지?"

보통은 따로 전화하는 경우가 없다. 일단은 별개의 기업이
기 때문이다.

"여보세요."

"아, 노 변호사님."

"네, 최 부장님, 어쩐 일이십니까?"

"혹시 사건 하나 담당해 주실 수 있나 해서요."

"사건요?"

노형진은 고개를 갸웃했다. 최 부장이 운영하는 자금은 피
해자를 위한 지원금이지, 사건을 처리해 주는 돈은 아니다.
그런데 지원이라니?

"사실은 좀 곤란한 사건이 있어서요."

"곤란한 사건?"

"피해자인데 가해자가 되어 버렸습니다."

"네?"

피해자인데 가해자가 되었다니, 그게 무슨 소리란 말인가?

'교통사고? 아니 그런 것 같지는 않은데.'

가끔 교통사고같이 명확하게 분류할 수 없는 사건의 경우
에는 경찰이 뇌물을 받고 피해자를 가해자로 만들어 버리기
도 한다. 하지만 그런 걸 가지고 최 부장이 전화할 리는 없다.

"무슨 사건인데요?"

"강도 사건입니다."

"강도요?"

강도 사건이라고 하면 피해자와 가해자가 명확하게 나뉘는 사건이다. 아무리 경찰이 서류를 조작해도 그걸 뒤집을 수는 없다.

"엄밀하게 말하면 정당방위 사건입니다."

"정당방위…… 끄응……."

노형진은 자신도 모르게 신음성을 흘렸다. 정당방위. 상대방이 피해를 입히려고 했을 때 반항하면서 피해를 준 경우에는 법적으로 처벌하지 않는다는 개념이다.

'문제는 한국에서 그걸 거의 인정하지 않는다는 것이지.'

한국은 유독 정당방위라는 개념을 인정하지 않는다. 어느 정도 수준이냐 하면 범인이 죽이려고 덤빌 경우 일단 칼에 한번 찔린 다음에 싸워서 제압해야 정당방위로 인정하는 수준이다.

즉, 그 전에 제압해 버리면 상해가 되어 버리는 것이다.

'이건 좀 힘든데.'

그런 이유는 간단하다. 법조계가 자신들을 전지전능하다고 생각하기 때문에 벌어지는 것이다.

대한민국의 법은 개인의 복수를 허락하지 않는다.

문제는 그런 것이 심해져서 급기야 모든 처벌은 판사를 통해서 이루어져야 한다는 말도 안 되는 생각을 가지게 되었다는 점이다. 그러다 보니 정당방위라는 건 결과적으로 판사를 통하지 않은 처벌에 들어가니 인정하지 않겠다는 이상한 생각을 하는 사람들이 많다.

"이번에 저희 쪽에 지원 요청이 들어왔습니다. 폭행으로 구속당했는데 검찰에서 5년을 구형했고 1심에서 3년형이 나왔습니다."

"실형이 나왔다고요?"

"네."

"그건 좀 심한데요? 범인이 얼마나 다쳤는데요?"

"혼수상태입니다."

"네?"

혼수상태라면 이야기가 달라진다. 그 정도로 사람을 두들겨 팬 거라면 누가 봐도 정당방위의 수준을 넘어가기 때문이다.

"마구 때린 게 아닙니다. 일단 피해자의 말에 따르면 싸우던 중에 빨랫다이로 한번 쳤는데 그걸 맞고 쓰러졌답니다."

"빨랫다이?"

낯선 말에 뭔가 하던 노형진은 뭔가 기억이 났다.

"설마…… 그 빨래 걸이 말씀하시는 건가요, 알루미늄으로 된?"

"네."

"아니, 그걸로 쳤다고 3년형을 때려요?"

"그게 위험물이랍니다."

"그게 말이 됩니까?"

자신이 아는 빨래 걸이는 보통 알루미늄으로 만든 물건이다. 날카롭지도, 무겁지도 않고 힘 좋은 사람이 내려치면 그냥 우수수 부서질 물건이다. 어지간한 남자들이라면 한 손가락으로도 들 수 있을 정도로 가벼운 물건이기도 하다.

"1심이 설마……."

"네, 돈이 없다고 국선을 썼답니다."

"이런."

어쩐지 이상하다 싶었다. 국선 변호사들이 제대로 일했다면 좋겠지만 사건은 많고 시간은 없으니 대충 일할 게 뻔했다. 당연히 이런 사건은 정당방위가 성립되려니 하는 생각에 제대로 준비도 하지 않고 나갔을 것이다.

"그래서 우리 쪽에 지원 요청이 왔습니다."

"흠…… 묘하군요."

피해자이지만 한편으로는 가해자라는 것도 의심할 수 있는 일이었다.

'일단…… 어떻게 싸웠는지 모를 일이니…….'

무기는 장소에 따라서 그 위력이 달라질 수밖에 없다.

"일단은…… 이야기해 봐야겠군요."

"그래 주시면 감사하구요."

자신은 이 사건에 대해서 전혀 모른다. 섣불리 '정당방위다. 아니다.'라고 말할 수가 없었다.

이것이 법이다

"어느 교도소에 있습니까?"

"수원입니다."

"알겠습니다."

노형진은 사건에 필요한 기록을 대충 받아 들고는 자리에서 일어났다.

"오! 노 변호사, 드디어 사건?"

"정당방위 사건이네요."

"뭐?"

"정당방위? 거참, 더럽네."

변호사들은 그 말을 듣고 얼굴을 찌푸렸다. 대부분 대한민국에서 정당방위를 인정하지 않는다는 것을 알고 있기 때문이다.

대한민국에서 한 해에 벌어지는 폭력 사건은 10만 건이 넘지만 한 해 평균 정당방위 인정 건수는 10건이 되지 않는다.

싸움이란 게 두 사람이 동시에 크로스 카운터를 날리면서 시작된 게 아닌 이상 누군가 먼저 공격한 것인데, 법에서는 맞아서 상해를 입든 말든 저항하지 말라고 하는 것이다.

"그거 무리인데……. 나도 해 봤지만."

송정한은 고개를 흔들었다.

"송 변호사님도 해 보셨습니까?"

"그래, 뭐, 주차 분쟁이었는데……."

처음 시작은 주차 분쟁이었다고 한다. 몇 번 싸우다가 감정이 격해졌는데 상대방 집에서 너무 격하게 협박한 나머지 피해자가 공포감을 못 이겨서 가스총을 구입하여 가지고 다녔다고 한다.

그러다가 결국 어느 날 싸움이 커져서 가해자가 피해자를 쓰러트리고 목을 졸랐다고 한다. 죽을 위기에 처한 피해자가 가스총을 가해자의 얼굴에 쏴서 목숨은 건졌는데 경찰에서는 그를 상해죄로 고발해서 처벌받았다는 것이다.

"네? 목이 졸렸는데요?"

"그래, 어이가 없었지. 판결문에 뭐라고 적혀 있었는지 알아? 가스총을 가지고 있다는 것 자체가 상해를 입힐 의사가 있다는 걸 증명한다는 거야."

"그 인간은 가스총이 무슨 군용 중기관총쯤 되는 건 줄 아나 보네요."

말도 안 되는 소리다. 애초에 가스총이라는 것 자체가 만일의 사태에 자신을 지키기 위해서 들고 다니는 것인데 가해자가 수차례 협박했기 때문에 들고 다닌 거지, 상해를 목적으로 들고 다닌 게 아니기 때문이다.

상해가 목적이었다면 칼이나 도끼, 하다못해 3단 봉이라도 들고 다녔을 것이다.

"진짜 정당방위는…… 휴우."

"이건 좀 곤란한데요."

재판이라는 것 자체가 애초에 판사를 설득함으로써 그의

의견을 이쪽으로 바꾸는 것이 목적인데 그런 식으로 색안경을 끼고 재판에 돌입하면 뭐라고 말할 수가 없다.

"하는 것까지는 해 봐야지요."

물론 이기기 힘든 것이 정당방위 사건이다. 하지만 그렇다고 피할 수는 없었다.

⚖️

"노형진입니다."

"이양식입니다."

파란 수의를 입은 남자. 그는 피곤하고 우울한 얼굴이었다. 하긴 이런 억울한 일을 당했는데 멀쩡하면 그게 더 이상한 일일 것이다.

"사정은 대충 들었습니다만, 어떤 이야기인지 자세하게 말해 주실 수 있는지요?"

"하아, 말해도 소용은 없을 것 같은데요."

"전 변호하러 온 겁니다. 그러니 해 주십시오."

"네."

그렇게 이야기를 시작하는 이양식.

"우리 집은 그다지 잘사는 집이 아닙니다. 반지하에 살고 있고……."

이양식은 일당직으로 하루하루 살고 있는 사람이고 자신

의 누나는 작은 공장에서 서무를 보면서 살고 있다고 한다.

"두 분이서 사는 겁니까?"

"네."

물론 그렇게 사는 게 쉬운 일은 아니지만 남매가 힘내서 살아가고 있었다고 한다. 그리고 사건이 벌어진 날. 그날은 누나의 생일이었다고 한다.

"그날은 누나한테 케이크라도 선물하려고 일찍 들어갔습니다."

그렇게 집으로 들어가는 순간, 누나의 비명이 터져 나왔다고 한다.

"그래서 부랴부랴 안으로 뛰어들어 갔지요."

그랬더니 어떤 남자, 즉 범인이 칼을 든 채로 누나를 노려보고 있어 황급하게 달려들었다고 한다.

"그랬더니 몸을 돌려서 저한테 달려들더군요."

"그래서요?"

"제가 어릴 적에 태권도를 좀 배웠습니다."

본능적으로 돌려 차기를 시전했고 들고 있던 칼이 발에 맞아서 자신의 뒤쪽으로 날아갔다고 한다. 그러자 남자는 당황한 듯하더니 자신의 뒤쪽에 있는 칼을 잡기 위해 자신을 향해 뛰어들었다는 것이다.

그래서 깜짝 놀란 이양식이 주변에 있던 아무거나 잡아서 휘둘렀는데 그걸 맞은 남자가 휘청거리더니 쓰러졌다는 것.

"그 후에는 어떻게 했습니까?"

"누나를 데리고 무조건 집에서 뛰어나왔습니다."

"추후에 다시 공격한 것은 아니고요?"

"그 상황에서 어떻게 공격합니까? 솔직히 겁나서 공격은 커녕 누나를 데리고 나오면서도 다리가 후들거렸는데요."

"흠……."

일단 이야기를 들어 봐서는 정당방위가 성립되기는 한다.

'문제는 이게 사실인지 확인해 봐야 한다는 건데.'

범인이 자신에게 유리하게 사건을 조작하는 것은 드문 일이 아니다. 그렇기에 노형진의 생각 중 하나가 의뢰인 역시 변호사에게 거짓말한다는 것이었다.

"누나의 상태는요?"

"시골에 있는 부모님 집에 계십니다."

"그래요?"

"네."

노형진은 이야기를 들으며 이상한 점을 느꼈다.

'그런 상황이라면…… 혼수상태까지 갈 리가 없는데?'

혼수상태가 되려면 추가적인 폭행이 있어야 한다. 그런데 그의 말에 따르면 추가적인 폭행은 없었으며 누나를 데리고 탈출했다고 한다. 그런데 혼수상태라니.

'뭔가 있어.'

노형진은 잠시 고민하다가 결국 마음을 굳혔다. 가능한 한

하지 않으려고 했지만 때로는 진실을 알기 위해 알아야 하는 것도 있다.

"혹시 그곳에 들어갈 방법이 있습니까?"

"네?"

"사건 현장. 그러니까 범죄가 벌어진 장소 말입니다."

"그건 왜……."

"아무래도 이런 사건은 잘 확인해 봐야 합니다. 기분 나쁘실지 모르지만 모든 사람들은 자신에게 유리하게 사건을 이야기하니까요."

"그렇군요."

이양식은 약간 기분 나쁜 얼굴이 되었지만 수긍은 하는 모양이었다. 하긴 그도 무슨 일이 있으면 자신에게 유리하게 말할 테니까.

"하지만 전 사실을 말한 겁니다."

"누구나 그렇게 말하니까요."

"……."

"일단 들어가는 방법만 알려 주시면 됩니다."

"하지만 그곳에 간다고 해도 뭐가 남았을지……."

"원래 모든 범죄엔 흔적이 남기 마련입니다."

노형진은 기억을 말하는 것이었지만 이양식은 다른 식으로 생각했다. 요즘은 과학수사다 뭐다 해서 특별한 방법이 있을 거라 생각한 것이리라. 다행히 그런 오해 덕분에 그는 이상하게 생각하지 않았다.

"낡은 집이라 번호 키가 아닙니다. 열쇠도 입감하면서 빼앗겨서요. 아마 누님한테 말하면 들여보내 주실 겁니다."

"그렇겠군요."

같이 사는 사이라면 그녀도 열쇠를 가지고 있을 가능성이 높다.

"누님의 전화번호는 016-○○○○-○○○○입니다."

"알겠습니다."

바로 노형진이 그의 기억을 읽을 수 있다면 좋았겠지만 정식으로 수임한 사건이 아니었기에 당장은 일반 방문객 신분이었다.

그리고 변호사가 아닌 일반 방문객은 혹시나 모를 물건의 전달을 막기 위해 중간에 투명한 플라스틱 벽을 두고 대화하기 때문에 신체 접촉을 통해 기억을 읽을 수가 없었다.

"변호사님, 전 진짜 억울합니다. 제발 저 좀 풀어 주십시오."

"당신이 억울하다면 제가 당신을 위해서 최대한 노력할 겁니다. 그게 변호사니까요."

싫고 좋고를 떠나서 일단 담당하게 되면 최선을 다해야 하는 것이 변호사의 정의다.

"면회 시간이 끝났습니다."

짧은 면회 시간이 끝나자 간수에게 끌려서 안으로 들어가는 이양식. 노형진은 그 모습을 물끄러미 바라보다가 바깥으로 나왔다.

"진실을 알아보러 가 보실까?"

"변호사님, 제발 부탁드립니다."

"네."

누나라는 사람은 연락받자마자 황급하게 올라왔다. 열쇠로 문을 열어 주기 위해서였다. 그리고 노형진은 그녀를 보고 솔직히 아주 많이 놀랐다.

'너무 예쁘잖아.'

상당한 미모를 가진 그녀였다. 물론 예쁘다는 게 문제가 있다는 건 아니다. 하지만 그녀를 보고 또 그녀의 집, 아니 피해자의 집을 보니 어쩌면 사건의 내용이 좀 다를지도 모른다는 생각이 들었다.

'이 집을 털러 온다고? 뭐 하러?'

반지하라고 표현했지만 허름하고 창문도 작은, 전형적으로 가난한 집의 표상 같은 곳이다. 도둑질하러 왔다가도 도둑질해 갈 만한 게 없어서 도리어 돈이라도 두고 가고 싶어지는 집.

"넓지는 않군요."

"아무래도…… 두 명이 살다 보니……."

집안의 평수 자체도 큰 게 아니었다. 마루 하나에 방 하나.

"공간은 어떻게 쓰십니까?"

"보통 제가 방에서 자요. 동생이 마루에서 자고요."

하긴, 남매라 해도 다 큰 성인이 같은 방을 쓰지는 않으리라.

'그렇다면 나야 편하지.'

남자가 주로 쓰는 공간이 마루라면 마루에 주요 기억이 있을 게 뻔하다.

'평수는 대략⋯⋯ 10평인가?'

노형진은 그 안으로 들어가다가 눈을 찌푸렸다. 생각보다 좁은 공간.

"잠시 나가 주시겠습니까?"

"네?"

"확인할 게 있어서요. 금방 나가겠습니다."

다음 권으로 이어집니다

200평 초대형 24시 만화방

📖 수원시청점

로데오거리 ●농협

●CGV ⑧ 수원시청역 8번출구

24시 만화방 3F ●홍콩반점

TEL : 031-226-3771
수원시 팔달구 인계동 1041-11 3층 24시 만화방

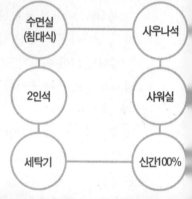

수면실 (침대식) — 사우나석

2인석 — 샤워실

세탁기 — 신간100%

📖 의정부점

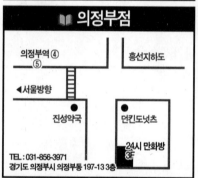

의정부역 ④ ⑤ 흥선지하도

◀서울방향

진성약국 던킨도넛츠

24시 만화방 3F

TEL : 031-856-3971
경기도 의정부시 의정부동 197-13 3층

📖 안양점

●안양역 육교

◀관악역 명학역▶

●농협 24시 만화방 2F 안양일번가

TEL : 031-466-3771
경기도 안양시 안양동 674-163 공룡고기건물 2층

📖 주안점

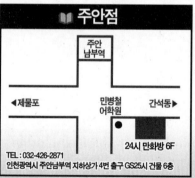

주안 남부역

◀제물포 민병철 어학원 간석동▶

24시 만화방 6F

TEL : 032-426-2871
인천광역시 주안남부역 지하상가 4번 출구 GS25시 건물 6층

📖 안산점

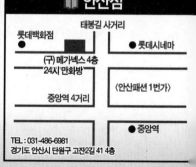

태봉길 사거리

롯데백화점 ●롯데시네마

(구) 메가넥스 4층 24시 만화방

중앙역 4거리 〈안산패션 1번가〉

●중앙역

TEL : 031-486-6981
경기도 안산시 단원구 고잔2길 41 4층